Hydra

Diane Neisius

# Hydra

Roman

Bibliografische Information der Deutschen Nationalbibliothek:
Die Deutsche Nationalbibliothek verzeichnet diese Publikation in der
Deutschen Nationalbibliografie; detaillierte bibliografische Daten sind
im Internet über http://dnb.dnb.de abrufbar.

Cover erstellt unter Verwendung von gemeinfreien Vorlagen,
Quelle: Wikimedia Commons. Credit Hintergrundbild: NASA/ESA

Herstellung und Verlag: BoD – Books on Demand, Norderstedt

ISBN: 978-3-7578-6060-8

# Hydra

Die Hydra lag auf der Lauer, lang ausgestreckt auf dem schmutzigen Boden hinter einem Blaster, der länger war als sie selbst.

Seit Tagen hatte sie diesen Platz im obersten Stockwerk eines abbruchreifen Hochhauses in der namenlosen Stadt ausgekundschaftet, nachdem sie vorher wochenlang unauffällig nach so etwas auf der Suche gewesen war. Niemand hätte in der Elbin, die sich unter dem weiten grauen Kapuzenumhang eines Wanderarbeiters verbarg, einen der gefürchtetsten Sniper des gesamten Sektors vermutet.

Auch wenn es noch dunkel war, war sie in gewisser Hinsicht wegen der Aussicht hier. Die war auch bei Tag nicht schön, denn über die heruntergekommenen Stadtviertel hinweg sah man auf ein riesiges Industriegelände, das bis zum Horizont reichte. Doch auch das Zimmer selbst war nicht sehr ansehnlich: das breite Fenster fehlte offensichtlich seit langem, wie Wasserflecken an der Decke und die sich vom rissigen Putz abrollenden verblaßten Farbreste verrieten. Vom Mobiliar waren nur verrottete Kunststoffteile undefinierbaren Zweckes übriggeblieben.

Der Ort erfüllte keinen erkennbaren Nutzen mehr, außer seiner günstigen Lage und dass er die Hydra vor unerwünschten Beobachtern verbarg.

Silmarien, so war ihr bürgerlicher Name, schmunzelte bei dem Gedanken, dass ihre menschlichen Nachbarn in dem friedlichen Wohnviertel auf dem Planeten im Nachbarsektor, auf dem sie ihren Unterschlupf hatte, sie hier sehen könnten, wenn sie in den makellosen Bungalows mit den gepflegten Moosgärten und zurechtgestutzten Farnbäumen ihre Grillparties veranstalteten. Viele ihrer Nachbarn arbeiteten außerplanetar, und so fiel auch nicht auf, dass sie selbst zuweilen für Wochen anderswo - nun, arbeitete.

Die Elbin hatte sich an ihrem Wohnort perfekt den örtlichen Gebräuchen angepaßt, was unverzichtbar war, wenn man als Fremde in einer menschlichen Siedlung akzeptiert werden wollte. Sie trug die unbequeme figurbetonte Kleidung der Menschenfrauen, ging zu den öden Grillparties, lachte zu den geschmacklosen Scherzen einer Spezies, die sich ständig in der Paarungszeit befand, und tat interessiert an dem bedeutungslosen Tratsch über andere Nachbarn. Gar nicht zu reden von dem nutzlosen Imponiergehabe der Menschenmännchen ihr gegenüber. Das einzige, was sie an jenem Ort wirklich mochte, war allein in ihrem Garten zu sein und dem Plätschern des Brunnens unter den Farnwedeln zu lauschen, weil es sie an ihre verlorene Heimat erinnerte.

Das Morgengrauen breitete sich am Horizont aus. Ihr fernes Zielobjekt war nun deutlicher an seinem Platz zu sehen (die Hydra nahm niemals Aufträge an, bei denen es um die Tötung von Lebewesen ging). Es war ein Verteilerkasten auf dem Freigelände eines riesigen Firmenareals des örtlichen planetaren Konzerns. Der Kasten war zwischen den lagernden Plastahl- und Duralbauteilen nur schlecht beleuchtet, und deswegen mußte sie auf das Tageslicht warten. Lange vorher hatte sie ihn ausgekundschaftet und festgestellt, dass er nur eine gewöhnliche Armierung gegen die Witterung hatte und nicht gepanzert war. So weit im Inneren des Konzerngeländes, mehrere Kilometer von dem nächsten Sicherheitszaun nach außen entfernt, erwartete offenbar niemand einen Anschlag.
Nun hieß es warten. Warten auf den richtigen Zeitpunkt war das Wichtigste in ihrem Beruf.

Silmariens Auftraggeber für diesen Job war die örtliche Gewerkschaft der Wanderarbeiter, die ihren Verhandlungen mit dem Konzern mehr Nachdruck verleihen wollte. Dergleichen kam öfter vor, aber das spielte keine Rolle für die Hydra. Sie arbeitete für den, der sie bezahlen konnte. Ihr jugendlicher Idealismus und das Engagement für vermeintliche gerechte Sachen waren ihr schon vor langer Zeit auf denkbar brutale Weise ausgetrieben worden. Der gleiche Konzern, dem sie heute einen Verteiler in Brand schoß, konnte sie schon morgen dafür engagieren, bei der Konkurrenz einen Gastank zu sprengen. Ihre einzige unausgesprochene Bedingung für einen Job war, dass sie kein Lebewesen mehr töten mußte.

Das Licht wurde jetzt besser, und die Geräusche tief unten in der Straße kündeten von der erwachenden Geschäftigkeit einer großen Stadt. Bald würde auch die Abbrucharbeit an einem nicht weit entfernt stehenden ähnlichen Hochhaus fortgesetzt werden. Die lauten Geräusche würden den Abschußknall ihrer Waffe weit weniger auffällig machen.

Aber noch hieß es warten. Es war noch nicht soweit.

Silmarien schaltete den Zielcomputer ein. Sie brauchte den Entfernungsmesser nicht, da sie die Koordinaten des Ziels und ihres Standortes genau kannte. Der Laserpuls einer Messung war immer verräterisch, wie kurz er auch war. Auch wenn niemand Sabotage an einem einfachen Schaltkasten mitten auf einem Lagergelände erwarten sollte, konnte man nie vorsichtig genug sein. Denn dies war nicht irgendein Verteiler. Er lag genau über dem unterirdischen Verteilerknoten, der fast das halbe Firmensegment mit Energie versorgte. Ein gut gezielter Schuß dort hinein konnte einen Schwelbrand in den Kabelschächten verursachen, der nur schwer zu löschen war und wochenlang einen teilweisen Produktionsausfall zur Folge hatte. Die Karten des Geländes, die ihr Agent auf Neu Vegas 7 besorgt hatte, waren nicht verfälscht, das hatte sie von vielen Punkten um das Gelände herum aus überprüft. Die Entfernung betrug genau 12839 Meter.

Langsam wurde es Zeit. Den über zwei Meter langen Blaster hatte Silmarien schon in der Nacht aufgebaut und gründlich durchgecheckt. Sie überprüfte noch einmal alle Verbindungen des Zielcomputers, zu den Dämpfern in der Waffe selbst, zu den Schallunterdrückerboxen, die sie in dem verrotteten Raum aufgestellt hatte, und zu dem engen Schutzanzug, den sie unter ihrem Umhang trug. Die Schockwelle beim Abschuß eines Drachenspeers war mörderisch und konnte beim Schützen innere Organe verletzen, wenn man nicht vorsichtig war. Besonders beim Schießen aus dem Inneren eines Gebäudes heraus. Drachenspeer war natürlich ein menschliches Wort, eine unvollkommene Übersetzung des richtigen elbischen Namens. Es klang mythisch, und Drachenspeere waren im menschlichen Imperium so selten zu finden, dass die meisten Zeitgenossen sie für eine Legende hielten. Sie waren einst auf der elbischen Heimatwelt für die Abwehr landender Invasionsshuttles auf weite Entfernungen hin konstruiert worden. Deshalb war die Geschwindigkeit der Geschosse hoch genug, um sie auf kleineren Planeten in eine Umlaufbahn zu tragen. Und daher resultierte auch der heftige Abschuß.

Die Elbin zog die Kapuze des Schutzanzuges fest zu und vergaß auch die Stöpsel für die Ohren und das Schutzvisier für die Augen nicht. Von jetzt an kontrollierte der Zielcomputer, welche Außengeräusche sie hören konnte. Später würde er im Moment der Zündung synchron die Dämpfer aktivieren, den Schutzanzug erstarren lassen sowie die Hörstöpsel abschalten und die Schallunterdrücker auslösen. Silmarien zog die gepolsterte Schulterstütze des Blasters zu sich heran und schmiegte sich bequem in das Halbrund. Beinahe automatisch griffen ihre behandschuhten Finger in die bereitliegende Tasche nach einer Patrone.

Noch nicht. Es war noch etwas zu früh.

Der Computer aktivierte die Mikrodrohnen, die schon in der Nacht ausgesetzt worden waren. Auf eine Entfernung von mehr als 12 Kilometern mußte das Geschoß selbst bei seiner hohen

Geschwindigkeit mehr als hundert Meter hoch in die Luft steigen, bevor es sich auf sein Ziel hinuntersenkte. In den höheren Schichten der Atmosphäre waren die meteorologischen Bedingungen zuweilen anders als am Boden. Der Zielcomputer berechnete all das durch die Meßergebnisse der Drohnen in die Gegebenheiten des Planeten und seiner Rotation mit ein. Die Schützin sah es, als die Anzeige auf dem kleinen Display erschien. Der Zielpunkt war unruhig und zuckte auf dem vergrößerten Bild des Verteilerkastens hin und her. Die Luft war im Morgengrauen turbulent. Später, kurz vor Sonnenaufgang, begann meist ein gleichmäßiger Wind zu wehen. Aber noch war es zu früh dafür.

Der Himmel war jetzt erfüllt von einer fahlen Blässe. Nebenan begannen die Abbruchbagger zu brummen. Silmarien nahm die Patrone und führte sie in den dicken Lauf ein. Beiläufig sicherte sie den mechanischen Verschluß. Einige der Symbole auf dem Display änderten sich.

Die Patronen sahen altmodisch aus, aber die metastabilen Kristallflocken in den Hülsen waren ein verläßlicher Energiespeicher für das verwendete Treibgas. Bei ihrem Phasenübergang wurde keine verräterische elektromagnetische Welle ausgesandt so wie bei einer Plasmazündung, es gab nichts, was das Ziel schneller als das Geschoß erreichte und vor der nahenden Nemesis warnen konnte.

Das Geschoß selbst war aus dem Echtmetall Wolfram, weil es innerhalb der Atmosphäre durch die Reibung bis zur Weißglut aufgeheizt wurde und dabei nicht weich werden durfte. Die Elbin hätte ihr Kostbarstes gegeben, um einen echten Alarcanar aus ihrer Heimat zu bekommen, aber das war unmöglich. Sogar zuhause waren die unterkalibrigen Pfeilgeschosse aus dem monokristallinen schweren Alluin, die wirklich weit flogen und sogar die Rumpfpanzerungen von Raumschiffen durchschlugen, eine unbezahlbare Kostbarkeit, die wie der Staatsschatz bewacht wurden. Unerreichbar, selbst wenn sie nach Hause hätte gehen können.

Aber wenn es jetzt bald soweit war, würde hier auch ein hohles Übungsgeschoß aus Wolfram seinen Dienst tun.

Sie preßte sich gegen die Schulterstütze, hielt sie mit der linken Hand fest, während die Rechte den Griff umfaßte. Der Augenblick war jetzt nahe. Mit der sprichwörtlichen Geschicklichkeit der Elben übernahm sie die Feinpositionierung der Waffe selbst. Der Computer registrierte es und der Zielpunkt auf dem Display änderte die Farbe, schwankte und zuckte aber immer noch. Die Luft hoch oben beruhigte sich langsam, immer wieder durch plötzliche Böen unterbrochen. Es kam jetzt vollkommen auf die richtige Gelegenheit an.

Langsam pendelte sich Silmarien auf den launischen Morgenwind über der Stadt ein. Es war wie ein Tanz, ein Rhythmus, der seine eigenen Regeln hatte, den die Tänzerin noch erraten mußte, während sie bereits dem Publikum vortanzte. Eine leichte Erschütterung des Bodens sagte ihr, dass der Abbruch des Nebenhauses für den heutigen Tage fortgesetzt wurde.

Nur einen Augenblick noch...

Langsam, ganz sachte tastete ihr Finger nach dem Abzug, berührte ihn zuerst fast zärtlich. Sie kannte den Druckpunkt ihres Blasters genau.

Fast hypnotisch war der Anblick des tänzelnden Zielpunktes. Die Zuckungen wurden schwächer. Ein vertikales Zittern verriet, dass nebenan ein größeres Gebäudeteil vom Bagger abgebrochen worden war und in die darunterliegenden Geschosse stürzte. Wenn nun noch der Wind...

Aber der blieb launisch und unstet und schob die berechnete Flugbahn des Geschosses auf dem Display weiter hin und her. Das Nachbarhaus krachte und polterte. Geduld...

Der Zielpunkt verschob sich horizontal ein ganzes Stück und verharrte unruhig. Instinktiv führte Silmarien die Masse des

Blasters um eine Winzigkeit nach. Das Tänzeln wurde für einen Moment langsamer, stoppte schließlich fast.

Jetzt.

Fast beiläufig betätigte sie den Abzug. Die Welt wurde still und sie spürte nur den festen Druck des Anzuges auf der Haut, als der Zielcomputer auslöste und die Schutzmaßnahmen aktivierte. Ein Gefühl zu taumeln durchflutete sie für einen Sekundenbruchteil. Die Schockwelle fegte durch das Zimmer und riß den losen Putz von den Wänden. Als die Ohrstöpsel sie wieder hören ließen, nahm die Elbin noch das Rieseln und Bröckeln im Zimmer wahr. Nebenan polterten und dröhnten die abgebrochenen Betonteile des Nachbarhauses noch immer aufeinander.

Im Display sah sie auf den Zielpunkt, der beim Abschuß stehengeblieben war. Das Geschoß brauchte einige Sekunden für den Weg, war bei dieser Vergrößerung aber nicht zu erkennen, da es zu hoch flog. Selbstverständlich zeigte der Zielcomputer auch die Flugzeit an. Gespannt beobachtete Silmarien den Verteilerkasten.

Plötzlich erschien ein kleiner schwarzer Kreis auf der Fläche. Etwas tief rechts von der Mitte, aber noch gut im Ziel. Staub stieg hinter dem Kasten auf, einige Splitter des Geschosses hatten die Rückwand also durchschlagen. Das war sehr gut, denn es bedeutete Schaden und Verbrennungen im Innern.

Eine Minute später kräuselte sich ein dünner Faden Rauch aus dem runden Loch. Ein zweiter Schuß würde nicht nötig sein.

Rodowan war der verantwortliche Schichtführer bei der Abbruchfirma und sah mit Unbehagen auf die Betonbrocken auf der Straße. Weiter oben war vor einer halben Stunde ein Teil des 42. Stockwerkes eingebrochen, als sich ein Pfeiler darüber gelöst hatte und hineingestürzt war. Der Suspensorbagger war von Teilen einer Wand getroffen worden und möglicherweise beschädigt. All das kostete wieder Zeit. Zeit, Zeit, Zeit, die er nicht hatte, diese hartnäckige Ruine trieb ihn noch in den Wahnsinn.

Nur beiläufig nahm er wahr, wie eine Gestalt im grauen Umhang aus dem Gebäudeeingang gegenüber in die Schatten einer Nebenstraße huschte. Ein Wanderarbeiter, ein armer Kerl, der wahrscheinlich nicht einmal genug Geld für eines der vergitterten Betten in den Sammelunterkünften hatte und deshalb wie die Obdachlosen der Stadt in einer der zahlreichen Ruinen übernachten mußte. In dem länglichen schwarzen Koffer, den er trug, hatte er vermutlich seinen gesamten Besitz. Wen kümmerte schon ein Wanderarbeiter. Rodowan hatte jetzt wirklich andere Sorgen.

In der Energiezentrale auf dem Konzerngelände bemerkte eine Kontroll-KI genau 51.3 Minuten nach dem plötzlichen Kurzschluß, dass das aufgetretene Problem in Verteiler Nr. 5 weit massiver als zunächst angenommen war und löste einen allgemeinen Alarm aus.

# Liquidator

Liquidator Johanson war unzufrieden. Natürlich war er wieder zu spät gerufen worden. Mißmutig scharrte er mit der Stiefelspitze im Schutt des Hochhauses, das schon beinahe bis zum Erdboden abgerissen war. Synthmetal City unterlag den rapiden Veränderungen jeder Stadt, die Privatbesitz eines Konzernes war. Imperiale Ermittler sah man nicht gerne hier, wo sie nach Meinung der Konzernspitze nichts zu suchen hatten. Gesetze und Vorschriften wurden ignoriert, sofern sie nicht unmittelbar den Gewinninteressen des Konzernes dienten. Aber es gab staatliche Institutionen, die man auch hier nicht ohne weiteres abwimmeln konnte. Die Liquidatoren der Exekutive mit ihren weitreichenden Vollmachten gehörten dazu.

Denn Liquidatoren erschienen nie allein, sondern stets in Begleitung einer kleinen, aber schlagkräftigen Raumflotte. Die direkte Drohung eines orbitalen Bombardements hatte in der Geschichte des Imperiums schon ungezählten Planeten schnell die überfälligen Abgaben abgenötigt.

Johanson wandte sich von dem Hochhausstumpf ab, in dem keine Spuren mehr zu holen waren, trat Betonbröckchen auf der Straße beiseite und ging auf den wartenden Schweber zu.

„Quetschen sie aus dem Gesindel heraus, wohin der Schutt gebracht wird, und nehmen sie dort Proben", wies er einen seiner Assistenten barsch an. „Und lassen sie sich nicht abwimmeln. Bauschutt wird hier recycelt. Es muß eine Zwischendeponie geben."

Er vermied es, zu dem unmittelbar nebenan im Bau befindlichen Gebäude aufzusehen, wo die imperialen Sicherheitsvorschriften für Bauarbeiter ganz offen mißachtet wurden.

Er war nicht hier, um überfällige Steuern einzutreiben, und die kleinlichen Betrügereien eines geizigen Konzerns interessierten ihn noch weniger. Der Liquidator jagte einen Saboteur, der langsam lästig wurde. Jemand, der unter dem Decknamen „Hydra" seit ein paar Jahren Anschläge von schmerzlicher Effizienz verübte. Und diese Anschläge begannen, jemand anderem mit Einfluß und Besitz, der weit über ihm in der Hierarchie der Exekutive stand, unnötige Kosten zu verursachen. Das wiederum brachte das Räderwerk der imperialen Gesetzeshüter sehr schnell in Bewegung.

Und wieder einmal kam er zur Sicherung wichtiger Beweise zu spät. Die Konzerne versuchten immer, Probleme so lange es ging geheim zu halten, und wenn er dann endlich unterrichtet wurde, waren wichtige Spuren bereits verloren.

„Zum Shuttle", wies er den Piloten des Schwebers an, als er einstieg. „Und prüfen Sie, ob diese Krämerseelen endlich die Aufzeichnungen der Satelliten vom Zeitpunkt des Anschlags abgeliefert haben."

Das Imperium der Menschheit, das per Selbstdefinition die gesamte Galaxie umfaßte, die noch immer die Milchstraße genannt wurde, war mit seinen über 100 Milliarden Sonnensystemen, von denen etwas weniger als ein Prozent bewohnt waren, ein verwaltungstechnischer Alptraum. Regiert wurde es von 12 hochentwickelten Welten im dichtbesiedelten galaktischen Kern aus, doch je weiter man nach außen in der galaktischen Scheibe kam, desto weniger hochentwickelt waren die Welten und desto weniger funktionierten die imperialen Verwaltungsstrukturen. Im Bereich der Labyrinthsektoren und des äußeren Randes gab niemand mehr einen Pfifferling auf das Imperium, schon gar nicht die ganzen nichtmenschlichen Spezies, die sich dorthin zurückgezogen hatten.

Das Amt eines Liquidators der Exekutive war ursprünglich geschaffen worden, um in diesen Randbereichen zumindest hin und wieder für Ordnung zu sorgen. Deswegen hatten die Liquidatoren auch solch außerordentliche Sondervollmachten. Sie konnten ohne Angabe von Gründen Elitesoldaten der imperialen Marines bis zur Stufe M7 anfordern; die imperiale Flotte mußte ihnen auf Anforderung Flottenverbände bis zu einer gewissen Größe zur Verfügung stellen, und sie waren befugt, ganze planetare Verwaltungen bis hin zu Gouverneuren ohne Verfahren des Amtes zu entheben. All das, damit die Macht des Imperiums auch in den Außengebieten durchgesetzt werden konnte. Zumindest theoretisch.

Liquidator Johanson hatte seinen Rang nicht nur aufgrund seiner besonderen Tüchtigkeit bekommen (denn tüchtig war er, er war einer der jüngsten Chefs der planetaren Miliz der Kernwelt Core-8 gewesen). Man mußte auch die Aufmerksamkeit der richtigen Leute innerhalb der Exekutive erregen. Was im allgemeinen bedeutete, dass man diesen Leuten von da an den einen oder anderen persönlichen Gefallen schuldete, wenn man seinen Job behalten und weiter Karriere machen wollte. Mit Recht und Gesetz hatte all das erst in zweiter Linie zu tun. In der Geschichte der Menschheit hatte es höchst selten Staatsgebilde gegeben, in denen begabte und gut ausgebildete Menschen regulär durch ehrliche Arbeit reich werden konnten oder Ansehen erwarben. Auch das Imperium gehörte nicht dazu.

Die Dateien mit den Satellitendaten wurden erst in seine Arbeitskonsole hochgeladen, als Johanson dem Verwaltungsbeamten gegenüber die Worte „Sicherheitsvorschriften" und „Baustelle" fallen ließ. Es waren Terabytes von Bildern, die aus dem niedrigen Orbit von Überwachungssatelliten aller Art gemacht worden waren. Mit ein paar knappen Bewegungen grenzte er auf seinem Rechner Ort und Zeit auf ein passendes Intervall ein und startete die Suche. Sein Suchagent wußte bereits, nach welchem Muster er in den Aufnahmen Ausschau hielt.
Er wandte sich dem zweiten Hologramm zu, das den Straßenabschnitt, den er zuvor besucht hatte, in einer 3D-Rekonstruktion zum Zeitpunkt des Anschlages zeigte. Der Liquidator hatte den weit davon entfernten ausgebrannten Sicherungskasten genau untersucht. Das Einschußloch auf der Vorderseite und die Wolframsplitter im Inneren ließen keinen Zweifel daran, dass hier

ein Sniper mit einer großkalibrigen Waffe zugeschlagen hatte. Die Splitter des Geschosses gaben leider nicht mehr viel her, nicht einmal das Kaliber ließ sich genau bestimmen. Glücklicherweise war das Fundament des Kastens bei den Aufräumarbeiten noch nicht vollständig abgetragen worden. So hatte Johanson die Richtung, aus der geschossen worden war, bestimmen können, und nach und nach alle in Frage kommende Verstecke ausgeschlossen. Bis nur zwei verlassene Hochhäuser in mehr als 12 Kilometer Entfernung übrig geblieben waren, genau an dem Straßenabschnitt von heute morgen, die jetzt für weitere Untersuchungen leider nicht mehr zur Verfügung standen. 12 Kilometer waren weit, selbst für die Technologie der Kernwelten des Imperiums. Man konnte schließlich nicht mit einem Artilleriegeschütz im Schlepptau durch eine Stadt voller Zivilisten laufen, und es noch weniger durch die Kontrollen am Raumhafen bringen. Es mußte einen großkalibrigen Blaster geben, der eine solche Reichweite hatte. Bereits die vorher von ihm untersuchten Anschlagsziele hatten Hinweise darauf ergeben.

Ein leises akustisches Signal ließ ihn zu dem ersten Hologramm über der Konsole herumfahren. Nacheinander erschienen Bilder, die einen nächtlichen Stadtteil zeigten, in sichtbarem Licht und Infrarot. Spektralaufnahmen eines Wettersatelliten waren darunter.
„Gut", sagte er zu der Konsole, „Vergrößerung der Ausschnitte, die das Häuserpaar zeigen." Das erste der Bilder wurde riesig, und der bekannte Straßenabschnitt schien Johanson beinahe anzuspringen. Nur eines der beiden Hochhäuser hatte noch ein intaktes Dach, das andere war bereits im Abbruch befindlich und schon deutlich niedriger.
„Dach vergrößern."
Das Dach war leider leer. Nun, so dumm würde jemand wie die Hydra nicht sein.

„Suche mir alle Ansichten der oberen Stockwerke dieses Hauses. Besondere Merkmale herausfiltern, so wie Licht in den Fensterhöhlen, Gegenstände, die auf anderen Bildern nicht zu sehen sind, Personen, Bewegungen, alles, was nicht in ein unbewohntes Haus gehört."

Drei Bilder sprangen in den Vordergrund. Der Liquidator vergrößerte und betrachtete eingehend die Bereiche, die der Agent markiert hatte. Eins war ein Stofffetzen, der aus einem der Fenster hing und vom Wind bewegt wurde. In einem anderen Fenster hatte ein Vogel sein Nest.

Auf dem dritten Bild war zunächst nichts zu sehen, bis auf einen Bildfehler, den der Suchagent markierte. Ein kurzer Strich aus weißen Pixeln. Nur...

Der Strich lag nicht auf dem Bildraster. Es war eindeutig ein Objekt, das dort nicht hingehörte.

„Haben wir noch andere Ansichten mit dieser Zeitmarkierung?" Seine Stimme wurde leiser vor Spannung. Eine Spur. Was war das? Ein Reflex? Streulicht von einem Laser?

Andere Bilder schoben sich aus dem holografischen Stapel nach vorn. Eine Seitenansicht aus großer Entfernung war darunter, die die Front zeigte. Bei sehr starker Vergrößerung war dort ebenfalls ein heller Punkt. Zwei verschiedene Winkel, das konnte kein Reflex sein. Etwas leuchtete auf dem Bild. Aber was?

„Spektraldaten? Was ist auf Ansichten mit direkt benachbarten Zeitmarkierungen?" Liquidator Johanson war ein ruhiger Mann, aber jetzt regte sich das Jagdfieber des Ermittlers in ihm.

Zwei Sekunden vorher war auf einer Schrägansicht nichts von dem Strich zu sehen. Fünf Sekunden später auf einer stark vergrößerten Aufnahme ebenfalls nicht. Sollte das etwa Mündungsfeuer einer Railgun sein?

„Spektraldaten mit dem Zeitstempel. Alle, die das Gebiet enthalten. Suche nach Daten, die nicht zum Rest der anderen Daten passen. Suche nach elektromagnetischen Pulsen."

Eine Spektralmessung eines Wettersatelliten schob sich nach vorn. Der Suchagent markierte die Linien, die nicht zur atmosphärischen Zusammensetzung und dem Niederschlag (plus der unvermeidlichen Industrieabgase) paßten, die für diesen Teil des Planeten normal waren.

„Isolieren und Referenzspektrum finden." Der Mann spürte, dass er der Lösung nahe war.

Vor dem Bilderstapel des Hologrammes leuchtete eine Grafik auf. Helium. Das Bild zeigte eine Plasmazunge aus Helium.

Keinen Funkenflug einer Railgun.

Ein enggebündelter Plasmastrahl, dessen Spektrallinien eine erhebliche Druckverbreiterung zeigten. Es sah aus wie ein defokussierter Plasmaschneider. Wieso hielt jemand so etwas aus dem Fenster? Und wieso nur eine Sekunde oder weniger?

Ein Plasmablitz mit hohem Druck...

„Ach." Fast hätte Johanson sich an die Stirn getippt. „Natürlich. Ein gasgetriebener Blaster, mit Helium als Treibgas unter hohem Druck und extremer Temperatur", murmelte er vor sich hin. „Physikagent", kommandierte er laut in die Konsole. Ein drittes Hologramm erschien.

„Übernimm die extrahierten Spektraldaten und extrapoliere den Druck bei der Annahme, dass es aus einen Rohr mit etwa 20mm Durchmesser ausgestoßen wird. Ich will besonders die geschätzte initiale Austrittsgeschwindigkeit haben."

Das Programm zeigte sofort eine Zahl.

Sechs Kilometer pro Sekunde.

Natürlich. Jemand hatte aus dem obersten Stockwerk des Gebäudes ein Wolframprojektil aus einem Stoßwellenrohr in Blastergröße abgeschossen. Das erklärte auch die unglaubliche Reichweite. Und dieser Jemand war niemand anders als die gesuchte Hydra.

Der Liquidator hatte das Gefühl von Zufriedenheit, als er einen Haufen Routinearbeiten an die holografischen Agenten in seiner Konsole verteilte. Endlich war er einen Schritt weiter. Alle relevanten Bilddaten wurden als Texturen in sein 3D-Modell integriert. Mit Hilfe der 3D-Grafik der zwei Meter langen Plasmazunge wurde die Flugbahn des Geschosses rekonstruiert. Der Suchagent hatte eine neue Aufgabe, nämlich in allen verfügbaren Quellen nach Hinweisen auf Blaster mit den ermittelten Leistungsdaten zu suchen. Naturgemäß dauerte eine solche Suche sehr lange, da das Shuttle, in dem sich Johansons Arbeitsraum befand, große Datenbanken besaß und auch auf die Daten des Raumhafens von Synthmetal City, auf dem es noch immer stand, zugriff.

Obwohl es auch eine bequeme Ruhekoje in dem Arbeitsraum gab, war der Liquidator längst im Sitzen vor der Konsole eingeschlafen, als das Hologramm anzeigte: „Waffe mit Suchparameter in Legende über die Elben. Name des Blasters bedeutet übersetzt ‚Drachenspeer‘."

# Kato

„Kato." Die Elbin trat in das kleine Büro ihres Agenten im Geschäftsviertel auf Neu Vegas 7. „Schön, Dich zu sehen. Wie geht es denn Deiner Mutter?" Sie umarmte den Menschen, der von seinem Sitz hinter dem modernen Schreibtisch aufgestanden war. Die kleine Agentur residierte in hellen Räumen im oberen Drittel eines der Wolkenkratzer von Vegas City, denn die Geschäfte liefen gut. Wozu sie selbst nicht unerheblich beitrug.

Kato war eines der wenigen Wesen, das sie so nahe an sich heranließ. Er stammte von demjenigen Subtyp der Menschen, die eine Lidfalte über den Augen hatte (die beiden anderen Subspezies waren sehr hellhäutig und sehr dunkelhäutig und ohne Besonderheiten an den Sinnesorganen; Silmarien fragte sich, warum sich die Menschen-Subtypen in den Jahrtausenden ihrer Kultur nie stärker miteinander vermischt hatten, denn anders als Lichtelben und Dunkelelfen konnten sie fruchtbare Nachkommen miteinander haben).

„Komm' erstmal rein, setz Dich doch." Der Mann rückte einen Stuhl für sie zurecht. Es war Teil eines Rituals, das unbewußt sehr viele Menschen befolgten.

„Mama geht es gut, es gefällt ihr sehr in der Seniorenresidenz, in der ich ihr mit Deiner Hilfe den Platz gekauft habe", erklärte er. „Das Personal ist sehr nett, und es gibt dort Leute in ihrem Alter, so dass sie nicht allein ist. Ich habe hier leider viel zu tun und kann sie nicht so oft besuchen, wie ich sollte."

Sein leicht bekümmertes Gesicht war ehrlich. „Und jetzt erzähl, wie war es denn bei Dir?"

Die Frau stellte den länglichen schwarzen Koffer mit ihrem, nennen wir es Arbeitsgerät, auf den Boden und glitt mit einer katzenhaft geschmeidigen Bewegung auf die Sitzgelegenheit. Sie schlug die Beine in eine Haltung übereinander, die sie sich von den Menschenfrauen abgeschaut hatte. In einem engen Rock konnte man ohnehin nicht anders bequem sitzen.

Silmarien hatte keine Ähnlichkeit mehr mit der heruntergekommenen Wanderarbeiterin in dem weiten grauen Kapuzenumhang, die sie noch vor wenigen Stunden scheinbar gewesen war. Glücklicherweise gab es auf Neu Vegas 7 Orbital sehr diskrete Unterkünfte mit Ausgängen auf verschiedenen Decks der Station, die gegen eine geringe „Gebühr" auch die Aufzeichnungen der Überwachungskameras „verloren". Einige hatten sogar eine Art „Kostümservice". Nach Neu Vegas 7 reisten eine Menge Leute, die inkognito bei Glücksspiel und anderen halbseidenen Geschäften bleiben wollten, nicht nur sie, die sich für ihre Missionen unauffällig in eine Wanderarbeiterin verwandeln mußte. Allerdings war die Regel nicht, wie bei ihr außerhalb von Vegas unerkannt zu bleiben, sondern für den Aufenthalt auf dem Planeten selbst. Was für den Vorgang des Wechsels der Tarnung selbst allerdings überhaupt keine Rolle spielte.

„Hm, das steht Dir", sagte Kato. Sein Grinsen ließ die Augen noch schmaler erscheinen, als sie durch die Lidfalte ohnehin waren. Er ließ den Blick mit gespielter Bewunderung über das engsitzende graue Kostüm einer Geschäftsfrau gleiten, das Silmarien für die Reise von ihrem Wohnort hierher nach Neu Vegas benutzte. Beide wußten, dass der junge Mensch keinerlei Hintergedanken mit seiner Bemerkung verband. Die Elbin war siebenmal so alt wie er, kannte ihn schon seit seiner Geburt und hatte ihn heranwachsen sehen.

Elben schlossen nicht leicht Freundschaft mit den kurzlebigen Menschen. So etwas ergab sich mehr als die Freundschaft zu einer ganzen Familie. In Silmariens Fall war es Yoko gewesen, die Großmutter von Kato, vor fast hundert Jahren. Sie hatte der jungen Elbin geholfen in der schwierigen Zeit, als diese aus dem Gefängnis entlassen worden war, und sich darum gekümmert, dass sie Zugang zu den Rehabilitationsmaßnahmen bekam, die ihr als unfreiwilliger Inhaberin eines imperialen Passes gesetzlich zustanden. Man konnte leicht meinen, dass zwanzig

Jahre Eingesperrtsein für die Elbin, die mehr als zehnmal so lange leben würde wie Menschen, keine schwere Strafe gewesen war. Aber von den zwanzig Jahren mußte doch jeder einzelne Tag gelebt werden, allein unter Wesen, die sie als Fremde und Alien betrachteten. In allen Gefängnissen gab es Übergriffe, auch sexueller Art, und auch wenn eine direkte Paarung zwischen Elben und Menschen physisch nicht möglich war, waren die Insassen einer Strafanstalt zu allen Zeiten erfinderisch genug gewesen, sich verwandte Formen der Erniedrigung für Außenseiter auszudenken.

Silmarien war nach ihrer Entlassung in erbärmlicher Verfassung gewesen. Und Yoko hatte sich um sie gekümmert, war zur Freundin und Wahlverwandten geworden. Die Elbin hatte sie durch die Jahrzehnte altern sehen, und die Menschenfrau war mit 95 Jahren in ihren Armen gestorben. Katos Mutter Yoriko hatte den leeren Platz eingenommen, und nach ihr Kato. Yoriko war nun ebenfalls alt, lebte aber noch. Silmarien vermied es, sie zu oft zu sehen, denn sie wollte nicht noch einmal jemand, der ihr nahe stand, am Lebensende so kläglich verfallen und verenden sehen.

„Ich hoffe, sie haben bezahlt." Die Elbin kam nun ohne weitere Umschweife zum Geschäft. „Es war kniffelig, aber ich habe das Problem ganz gut gelöst, glaube ich. Sehr kleines Ziel, ziemlich große Entfernung, im Morgengrauen, es war fast am Limit."

„Oh ja, sie haben sofort die volle zweite Hälfte des Betrages überwiesen", erklärte ihr Gegenüber. „Und durch meine Kanäle habe ich gerüchteweise gehört, dass sie überaus zufrieden waren. Der Konzern muß recht kleinlaut bei den weiteren Verhandlungen gewesen sein. Die haben drei Wochen gebraucht, um den Schwelbrand in den Kabelschächten zu löschen, einschließlich eines vollen Produktionsausfalles in der gesamten Zeit, und konnten den Ladetermin für einen Megafrachter auf der Sagittariusroute nicht halten. Das wird einiges an Konventionalstrafen gekostet haben. Ganz abgesehen vom materiellen Schaden durch den Brand. Macht sich nicht gut in der Bilanz." Kato sah sie ruhig aus seinen dunklen Augen an. „Aber ich habe auch gehört, dass sich Leute aus dem Kern für Dein Geschäft zu interessieren beginnen. Man munkelt, ein Liquidator sei dagewesen." Er vermied es, ihren Decknamen zu verwenden. Die Agentur war gut abgesichert, aber man konnte nie wissen.

„Oh." Silmarien setzte sich kerzengerade auf. „Vielleicht sollte ich eine Weile Pause machen."

„Ja, noch aus anderen Gründen." Kato antwortete sachlich, ohne Besorgnis in der Stimme. „Dein Guthaben auf dem codierten Konto bei der Core Bank hat eine Größe erreicht, die noch andere Leute auf Dich aufmerksam machen könnte. Wir müssen das bald etwas umschichten."

„Du kriegst Deinen üblichen Anteil", sagte die Frau. „Mach, was nötig ist."

„Ich muß vielleicht noch andere Agenten mit einbeziehen, das mache ich nicht ohne Deine Zustimmung, Tante."

„So hast Du mich nicht mehr genannt, seit Du ein kleiner Junge warst."

„Es geht ja auch um ein ziemliches Vermögen." Kato sah sie erstaunt an. „Begreifst Du eigentlich, wie reich Du inzwischen bist? Ich glaube, Du weißt gar nicht, was manche Menschen für soviel Geld alles an Bösem tun würden..."

„Schon für weniger. Ich habe so meine Erfahrungen." Silmarien verdrängte die unangenehmen Erinnerungen an ihre lange zurückliegende Gefangenschaft. Sie versuchte gar nicht erst, ihr Gesicht in eine künstliche Ausdruckslosigkeit zu zwingen. Der Junge war erwachsen und kannte ihre Vorgeschichte genau genug.

Er bemerkte ihr Unbehagen. „Tut mir leid", sagte er, „ich wollte nicht..."

„Schon gut." Sie winkte ab. „Also, kannst Du mein Vermögen, wie Du es nennst, verstecken oder was auch immer damit tun?"

„Wir sind hier auf Neu Vegas, der 7. Kolonie dieses Namens." Das Lächeln kehrte in das menschliche Gesicht zurück. „Wenn man irgendwo in der Galaxis Geld gewaschen bekommt, dann hier." Er machte eine kurze Pause. „Hier, wo Glücksspiel, illegaler Handel, Schmuggel und kriminelle Dienstleistungen zuhause sind, bekommt man alles, was man will, wenn man bezahlen kann. Und das kannst Du."

„Wieviel?" Silmariens Frage war sehr knapp.

"Fünf Prozent. Dafür garantieren sie, dass es nicht zurückverfolgt werden kann. Konsultationen über eine Beratungsfirma auf Core-11, Immobilienfonds, Börsengewinne von obskuren Handelsniederlassungen und so weiter. Formal wird es sogar versteuert. Du bekommst es nach und nach ganz legal als Dividenden und Honorare ausgezahlt. Ab und zu mußt Du vielleicht verreisen, um keinen Verdacht zu erregen."

„Also genau das, was wir jetzt über Deine Agentur auch machen, nur ausgefeilter und im größeren Maßstab. Klingt gut. Ich autorisiere Dich." Die Elbin lehnte sich, jetzt entspannter, zurück.

„Muß ich wegen dem Liquidator noch etwas unternehmen? Die können recht unangenehm werden. Mich hat schon mal einer in ein Gefängnis gebracht. Ist zwar lange her, ich möchte das aber nicht wiederholen."

„Ich könnte Erkundigungen einholen...", begann der junge Mensch.

„Nein." Die Frau atmete tief durch. „Diese Leute sind Spezialisten, wenn es darum geht, Informationen aus allem und jedem herauszubekommen. Sie selbst bemerken sofort, wenn sie bespitzelt werden. Und sie machen hemmungslos von ihren Vollmachten Gebrauch und wenden auch Gewalt an. Ein Liquidator kann einen planetaren Gouverneur absetzen und selbst zeitweilig regieren, wenn er das für notwendig hält. Das möchtest Du hier auf Vegas doch nicht erleben, oder? Der Monsignore wäre sicher nicht begeistert, nach so langer Zeit sein Amt noch zu verlieren."

„Nein." Kato schluckte trocken. „Aber was kann ich stattdessen für Dich tun?"

„Halt einfach die Ohren offen. Das allgemeine Gerüchtegemenge. Wie nennt ihr Menschen das noch gleich, die Buschtrommel? Das muß reichen, um ihn im Auge zu behalten. Ich werde mich wirklich vielleicht einfach eine Weile still verhalten."

„Ja, vielleicht ist das am besten", antwortete er leise. „Ich verspreche Dir, ich werde aufpassen, nicht aufzufallen."

Unvermittelt stand der Mensch auf und aktivierte seinen KI-Assistenten. „Synthia? Bitte keine Termine mehr heute."

Zu seiner Wahlverwandten gewandt, sagte er: „Was hältst Du davon, wenn wir in einem schönen Club etwas essen gehen? Ich habe da neulich einen Tip von einem Bekannten bekommen. Hast Du Lust? Es wird die trüben Gedanken etwas verscheuchen."

„Deine Freundin wird eifersüchtig werden, wenn Du mit einer scheinbar jüngeren Frau ausgehst."

Silmarien versuchte auf die Weise kokett zu lächeln, wie Menschenfrauen es tun würden. Es gelang ihr nicht überzeugend.

„Ach, ich glaube nicht. Ich sage einfach, dass Du meine Tante bist." Er gab sich fröhlich und unbekümmert.

Als sie hinausgingen, hielt er ihr die Tür auf. Es war wieder dieses unbewußte Ritual der Menschen. Die Elbin verstand es auch nach so langer Zeit noch nicht völlig, dass selbst ihr Wahlneffe sie ohne es zu merken ein wenig anbalzte.

# Schatten der Vergangenheit

Die Sicherheitskräfte hatten etwas bemerkt. Wahrscheinlich hatte ihnen irgendein Verräter einen Tip gegeben. Im Regendunst konnte Silmarien den Himmel nicht sehen, doch sie hörte die brummenden Antriebe der Rotorschweber. Nun, wahrscheinlich würden die trotzdem nichts sehen, denn sie trug einen polychromen Umhang, der sie sicher verbarg, indem er auf seiner Oberfläche das Aussehen des leeren Daches wiedergab. Man mußte schon genau wissen, wo die Elbin lag und dann einen Infrarotscanner benutzen, um sie auf ihrem erhöhten Posten zu finden.

Die Genossen rückten unten in der Straße vor. Sie konnte die Kommandos und Ortsangaben leise in ihrem Ohrstöpsel hören. Die Befreiungsfront plante einen Anschlag auf das symbolträchtige Monument der ersten Landung, das mitten auf dem Hauptplatz von Kammu City stand. Es war kein Ort, auf den man stolz sein konnte. Die Imperialen waren gekommen, hatten die Ureinwohner ausgerottet und das Land für sich genommen. Das sagte jedenfalls die Befreiungsfront.
Sie spähte unter den niedrigen Wolken hindurch. Der Regen verschleierte den Blick hinunter in die Straßenschluchten in ein formloses Grau-in-Grau. Doch mit Hilfe ihres Handscopes konnte sie die Bewegungen in der Nähe des Platzes ausmachen. Sie durfte nicht bei der Einsatzgruppe sein, aber man erlaubte ihr, als Feuerschutz teilzunehmen. Jemand aus dem Politbüro der Befreiungsfront hatte bemerkt, dass sie eine begabte Schützin war.

Das Rattern der Rotoren wurde auf einer Seite lauter. Einer der Schweber kam herunter, erschien kurz zwischen den fransigen Wolkenfetzen. Silmarien sah, dass er auf der Höhe der Tilmans-Wolkenkratzergruppe flog. Etwa 600 Meter von ihrer Position entfernt, klar in Reichweite ihrer Projektilwaffe. *Na, traut euch nur heraus, ihr Unterdrücker,* dachte sie trotzig.

Es hatte eine Weile gedauert, bis sie eine Gruppe von Aktivisten unter den Menschen gefunden hatte, die bereit war, eine junge Elbin voller Tatendrang in ihre Reihen aufzunehmen, die gegen die Ungerechtigkeiten in der Galaxis kämpfen wollte. Auch die Befreiungsfront hatte zuerst gezögert, ihr dann aber als fühlendem Mitwesen den Kampf nicht grundsätzlich versagen wollen. Erst wollte man sie nur an der politischen Arbeit teilhaben lassen, aber inzwischen nahm sie wenigstens aus der Entfernung am bewaffneten Kampf teil. Als Sicherung für die Genossen, die unten mit dem Sprengsatz vorgingen.

Der Rotorschweber erschien wieder unter den Wolken. Zielstrebig ging er noch ein Stück tiefer. Offenbar hatten die Milizkräfte die vorrückenden Kämpfer der Befreiungsfront trotz der Regenschleier ausgemacht. Direkt über ihnen blieb er in der nebligen Luft stehen, etwas über der Höhe der Hochhausdächer. Ertappt.

Silmarien wischte sich die nassen Haare aus dem Gesicht und zog das Scharfschützengewehr unter dem weiten Umhang hervor. Es war sehr alt, aber einigermaßen gepflegt und schoß genau genug für ihre Zwecke. Modernere Waffen waren schwer zu bekommen, und sie war ohnehin nicht die Erste auf der Warteliste.

Routiniert schob sie den Lauf über die Dachkante, drückte sich in die Schulterstütze und legte an. Im Zielfernrohr konnte sie den Schweber nicht sofort ausmachen, fand aber schließlich den grauen Umriß des Fluggerätes im Regen. Sie korrigierte den Vorhalt mit Hilfe der Meßlinien in der Optik. Der Schweber stand noch immer über ihren Genossen still in der Luft. Ein leichtes Ziel.

Im Ohrstöpsel hörte sie nun gedämpfte Schüsse. Natürlich, der Flugkörper koordinierte die Sicherheitskräfte am Boden, die nun auf ihre Genossen zu stürmten. Gerufene Befehle, Schreie. Jemand war getroffen, es war einer von ihren Genossen. Sie verstand in dem Chaos nicht, wer es war, versuchte sich vorzustellen, wie einer der jungen Menschen blutend am Boden lag. Die junge Elbin faßte einen Entschluß und schnippte die Sicherung der Waffe auf feuerbereit. Der Schweber stand im Zielscope so ruhig, dass sie den vorderen Teil der Kanzel ganz präzise anvisieren konnte. Ruhig bleiben. Langsam atmen. Bis zum Druckpunkt. Und abdrücken.

In diesem Moment schien ihr Geist mit Lichtgeschwindigkeit durch das Scope hindurch gezogen zu werden. Sie saß plötzlich selbst im Schweber, hörte laut das Donnern der Rotoren. Der stechende Schmerz in der Brust war unerträglich. Sie konnte nicht atmen. Blut spritzte auf die zersprungene Frontscheibe, überall die roten Tropfen, es wollte nicht aufhören. Sie versuchte sich an die Brust zu greifen, denn der Schmerz drückte ihr die Luft ab. Ich werde ersticken, dachte sie, fühlte, wie die Kontrolle über das Fluggerät ihr entglitt. Die Häuserfronten im grauen Regen begannen sich langsam zu drehen, sie drückte verzweifelt gegen das Steuer, während die Lebenskraft immer weiter aus ihr hinausspritzte. Es wollte einfach nicht aufhören. Ich sterbe, dachte sie seltsam klar, ich sterbe, und das Bild einer schwarzhaarigen Frau erschien vor ihrem inneren Auge. Bilder von Kindern, drei waren es, und das jüngste war ein kleines rothaariges Mädchen, sie versuchte sich vorzustellen, wie das Lachen aus dem fröhlichen Kindergesicht wich und die Augen groß und traurig wurden, wenn es erfuhr, dass Papa nie mehr nach Hause kommen würde...

Mit dem verzweifelten Seufzer einer Ertrinkenden, die im letzten Moment die Wasseroberfläche erreicht, erwachte Silmarien in ihrem Schlafzimmer. Sie war nicht mehr auf Kammu wie vor so langer Zeit, sondern sicher in ihrem Zuhause auf Eldora, und es war mitten in der Nacht. Elben schwitzten nicht, sonst wäre ihr feines Bettzeug jetzt sicher klatschnaß gewesen.

Sie setzte sich auf, atmete tief, versuchte ihr hämmerndes Herz zu beruhigen. Wieder dieser Traum. Es geschah öfter in letzter Zeit, was vieles bedeuten konnte. Sie mußte sich beruhigen. Beruhigen. Ruhig bleiben. Ruhig.

Im Gegensatz zu Menschen, deren Gefühlsleben nicht so tief, aber dafür vielgliedriger, komplizierter und so widersprüchlich wie ein Labyrinth war, in dem sich nicht einmal die Menschen selbst zurechtfanden, waren die Gefühle der Elben einfach strukturiert, aber dafür von einer nicht zu beschreibenden Intensität, etwa so wie die eiskalte reine Luft auf einem schneebedeckten Gipfel hoch über den Wolken in den Lungen brennen und die jähe Tiefe des Abgrundes direkt daneben dunkel drohen würde. Elbenkinder lernten entweder schnell, sich angesichts solcher Gefühlsdimensionen zu beherrschen, oder sie lebten nicht lange.

Silmarien konnte gut in der Dunkelheit sehen, deshalb verzichtete sie darauf, Licht zu machen. Licht wurde zu leicht von den menschlichen Nachbarn gesehen, die dann in oberflächlicher Besorgnis danach fragten, ob alles in Ordnung sei, nicht wirklich interessiert, ihr zu helfen, aber stets auf der Suche nach Gesprächsstoff für den allgemeinen Tratsch in ihrem Wohnviertel.

Sie setzte sich in die Meditationshaltung und begann leise das Mantra der Beruhigung in der alten Sprache der Hochelben zu flüstern.

Die ganze Angelegenheit mit der Befreiungsfront war ein Desaster gewesen. Wenn es einen Prototypen für eine falsche Entscheidung im Leben eines intelligenten Wesens gab, dann war es ihr spontan entschlossener Abbruch ihres Studiums in der ersten Dekade, um Hals über Kopf in die von Menschen besiedelte Galaxie hinauszustürmen, damit selbige vor allem Unrecht gerettet werden konnte.

*Wir waren blind*, dachte Silmarien. *Ich war so furchtbar blind.* Das berauschende Gefühl, einer gerechten Sache zu dienen, hatte nur verhältnismäßig kurz gedauert. Man bestätigte sich gegenseitig, das absolut Richtige zu tun, und hatte nur wenig Kontakt zu Andersdenkenden, die die geplanten Aktionen der Gruppe womöglich kritischer betrachtet hätten.

Doch das Imperium hatte dem terroristischen Treiben einiger verblendeter Spinner und radikalisierter Jugendlicher nicht lange zugesehen und einen Liquidator nach Kammu geschickt. Denn der Planet war einer von vielen wichtigen Produzenten von Nahrungsmitteln für die Kernwelten. Die Elitekampftruppen hatten nur wenige Wochen nach der Ankunft die Anhänger der Befreiungsfront aus allen ihren Verstecken auf dem Planeten getrieben und festgenommen. Wer sich wehrte, war in der Regel nach kurzem Schußwechsel tot. Auch die Elbin selbst fand sich sehr schnell in einer Zelle in Untersuchungshaft wieder.

In dem folgenden Gerichtsprozeß hörten sich die Heldentaten der Genossen dann ganz anders an. Nicht nur örtliche Politiker und Sicherheitskräfte, auch unbeteiligte Zivilisten waren bei den Anschlägen der Gruppe getötet worden. Alle hinterließen trauernde Familien oder Angehörige. Der Ausdruck von Heldenhaftigkeit wich sehr schnell aus den Gesichtern der Genossen, als die Länge der Liste und die Schwere der Anklagepunkte mehr und mehr zunahm.

Mehr noch schmerzte die nicht länger zu leugnende Einsicht, dass die Bürger von Kammu mehrheitlich keineswegs vom Imperium befreit zu werden wünschten, sondern die sogenannte Befreiungsfront für eine Bande gewöhnlicher Verbrecher hielten.

Am Tag der Urteilsverkündung waren es nur mehr die schmalen Gesichter blasser Kinder, die neben ihr auf der Bank ein Todesurteil nach dem anderen entgegennahmen. Silmarien selbst fiel inzwischen auch unter die imperiale Gerichtsbarkeit, obwohl sie als Elbin eigentlich ein Alien war. Der Liquidator hatte sie Kraft seiner Vollmachten kurzerhand eingebürgert, um jedem ganz klar zu machen, dass dem langen Arm des Imperiums wirklich niemand entkommen konnte.

Silmarien war nie Teil einer der Einsatzgruppen gewesen, deswegen konnte man ihr persönlich keine direkte Verantwortung für Gewalttaten bei den Anschlägen anlasten. Dennoch hatte sie nicht nur den Piloten erschossen, sondern im Lauf der Zeit noch einige weitere Sicherheitskräfte, auch wenn es keine gerichtsfesten Beweise dafür gab. Deshalb wurde sie nur wegen Mitgliedschaft in einer terroristischen Vereinigung und Beihilfe zum Mord zu zwanzig Jahren Gefängnis verurteilt.

Sie sah von ihrem Zellenfenster aus, wie die allerletzte Spur von Heldentum verschwand, als ihre Genossen einer nach dem anderen in den Innenhof des Justizpalastes geschleppt wurden. Die früher die lautesten und aufrührerischsten Reden in der Befreiungsfront geführt hatten, jammerten am lautesten um Gnade, als man sie mit tränennassen Gesichtern an den Pfahl vor der Mauer band.

Und bei nicht wenigen waren nicht nur die Wangen naß, als die Projektile aus den Blastern der Soldaten sie erreichten und ihr Leben beendeten.

34

# Verwandte

„Raumfähre Alquanen, bleiben Sie auf diesem Kurs und bei dieser Sinkrate. Abweichungen sind nicht zulässig. Sie werden direkt zum Landefeld geführt."

„Verstanden, Bodenkontrolle. Halten Kurs." Arwen wandte sich von dem Hologramm des menschlichen Fluglotsen ab, das erlosch. Die machten das mit Absicht, um das kleine Schiff länger scannen zu können. Fremde in Form von Elben wurden auf den Kolonialwelten des Imperiums nicht eben mit offenen Armen empfangen.

„Val?" fragte sie mit ruhiger Stimme. Die Kabine des Schiffes war so klein, dass man nicht rufen mußte.

Die Gesuchte erschien direkt hinter der Elbin aus dem Nichts auf dem Sitz des Kopiloten.

„Ja?"

Arwen schloß die Augen. *Muß sie das immer machen*, dachte sie. Sie wartete unbewußt jedesmal beim Erscheinen der Projektion auf eine Art Lufthauch.

„Halte den Kurs. Die sind sehr pingelig mit ihren Vorschriften für den Anflug hier."

„Alles klar, mache ich." Die kleine, etwas pummelige Figur drehte sich der Steuerung zu.

Es war nicht notwendig, dass Val's holografisches Avatar irgendetwas auf diesem Schiff manuell tat. In gewisser Weise *war* sie das Schiff. Das Hologramm erleichterte nur den Umgang mit den organischen Wesen, die das Schiff für ihre Zwecke benutzten.

Die eigentliche Val selbst war eine Autonome Künstliche Intelligenz, kurz AKI, die in einem Neuroidkern des Typs Nexus Mark V residierte. Sie war weit mehr als der Drohnenkern eines gewöhnlichen Schiffes und hatte bei ihren ursprünglichen Erbauern sogar eingeschränkte Persönlichkeitsrechte besessen. Leider waren die Erbauer, die Ktaphianer, schon seit Jahrtausenden ausgestorben, weil sie unglücklicherweise zur gleichen

Zeit wie die Menschen mit der Besiedelung der Galaxis begonnen hatten. Ktaphiun war zwar kulturell und technisch höher entwickelt gewesen als die Sirianische Konföderation als Vorläufer der Republik und schließlich des Imperiums, leider aber sehr viel weniger aggressiv. Letzteres hatte ihm den Untergang gebracht. Nun waren die einzigen existierenden Zeugen jener Zeit die AKIs, die die Elben zuweilen an Ausgrabungsstätten der alten Kultur bargen und, soweit es ihnen möglich war, wieder instand setzten.

Val's Avatar glich ihren Erbauern, den Ktaphianern. Humanoid, kleiner noch als Menschen, mit rosiger Haut und mehr Unterhautfett als Elben und Menschen, und mit feinem kurzem rotgoldenem Kopfhaar. Wie Elben besaßen sie eine Spitze im Rand der Ohrmuschel, die bei ihnen allerdings nur sehr dezent ausgeprägt war.

Sie sah jetzt zu Arwen. „Ich registriere da etwas... die scheinen die Schiffshaut abzutasten. Nur schwach. Glauben die etwa, wir merken das nicht?" Ihre Stimme klang fast etwas empört.

„Ja, ich weiß das schon", antwortete die Elbin. „Deswegen haben sie uns auf diese langsame polare Abstiegsbahn gesetzt. Da haben sie mehr Zeit, herauszufinden ob wir bedrohlich sind."

„Die ändern sich nie." Die Kopilotin sah wieder auf ihre Instrumente.

*Nein, sie braucht die Instrumente ja gar nicht*, dachte die elbische Frau. Mit Val zu arbeiten war wirklich, als sei sie ein Besatzungsmitglied. Man vergaß es so leicht. Die Elben hatten bei ihren KIs nie diese Perfektion hinbekommen wie bei den alten ktaphianischen Maschinen. Es konnte niemals ergründet werden, ob die AKIs wirklich bewußte Wesenheiten geworden waren - sie selbst glaubten es wenigstens. Andererseits waren auch in den Fasern im Zentralnervensystem einer organischen Spezies nicht mehr als elektrische Ströme und chemische Reaktionen zu messen. Trugen diese das Bewußtsein oder sogar etwas wie eine Seele? Wenn ja, warum dann nicht auch Neuroidschaltkreise?

Gedankenversunken lächelte Arwen verspätet zu der letzten abfälligen Bemerkung ihrer holografischen Begleiterin. „Wir sollten vielleicht auch herausbekommen, wo wir hier sind. Wenn wir schon den ganzen Planeten umkreisen müssen, dann können wir ihn uns auch genauer ansehen", antwortete sie. Das Avatar in Gestalt einer ktaphianischen Frau grinste listig. Eine Sekunde lang schienen ihre Augen bei dem Gedanken zu glitzern.

Carbon, so hieß die Welt, wurde wegen seiner Rohstoffe von den Menschen ausgebeutet. Aus großer Höhe, während des langsamen Eintritts in die Atmosphäre, waren die tiefen Wunden in der Planetenoberfläche deutlich zu erkennen. Die Kruste enthielt in großen Mengen unvollständig verrottete Überreste der einst reichlich gedeihenden Pflanzenwelt, die in größerer Tiefe unter Druck in flüssiges Mineralöl umgewandelt wurden. Mineralöl war ein Gemisch verschiedenster langkettiger und polyzyklischer Kohlenwasserstoffe. Es war eine dickflüssige schwarze Masse, die stank, klebte, giftig war und brannte wie der Feuergott selbst, wenn man nicht sehr aufpaßte. Und es war selten. Mit anderen Worten, genau die Art von Substanz, die Menschen ohne nachzudenken in großen Mengen aus dem Boden holen würden, wenn sie sie finden konnten. Val und Arwen konnten sehen, wie um die Förderbauwerke herum die Vegetation zerstört wurde. Nicht nur durch die rücksichtslos ohne jeden Plan ausgebaute primitive Infrastruktur, auch durch die Abfallprodukte der Verarbeitung. Der Wald welkte und starb. Niemand schien es zu kümmern.

„Der Leitstrahl kommt durch. Carbon Central ist jetzt am Horizont." Val's Hologramm saß noch immer auf dem Platz des Kopiloten.
Die Elbin sah vom optischen Scanner auf, der die Zerstörungen des Waldes jetzt deutlicher zeigte. An dieser Stelle war kaum noch Bewuchs vorhanden, dafür mehrte sich eine chaotische

Besiedlung des Landes. Die üblichen eckigen grauen Menschenhäuser, wild durcheinandergewürfelt.

Sie flogen nur noch etwa 20 Kilometer hoch. Längst hatten die Verdichterturbinen begonnen, die Luft der Atmosphäre durch die erkalteten Antriebsdüsen zu blasen. Dank des schlanken Rumpfes und der dreieckigen Tragflächen konnte das kleine Schiff auch innerhalb einer planetaren Lufthülle hohe Geschwindigkeiten aufrechterhalten.

„Ich muß mir langsam wirklich überlegen, was ich denen für eine Geschichte auftische...", sagte Arwen mehr zu sich selbst. Die Wahrheit würde nämlich keinen Menschen interessieren.

Sie suchte im Auftrag des Clans ihre kleine Nichte Silmarien, die vor fast hundert Jahren ihr Studium abgebrochen hatte und spurlos verschwunden war. Immerhin, so hatte sie inzwischen herausgefunden, war das Mädchen nicht tot. Sie war vielmehr fortgelaufen. Einfach in die Galaxis hinein. Die Suche nach einer Nadel in einer ganzen Prärie von Heugras war wirklich einfacher. Die beiden Frauen gingen daher jeder noch so unwahrscheinlichen Spur nach, die mit Elben zu tun hatte. Und auf Carbon hatte es vor kurzem einen Anschlag gegeben; die Gerüchte besagten, mit einer elbischen Waffe.

Von anderen Orten ihrer Suche wußten sie bereits, Silmarien hatte offenbar Kontakt zu Gruppen gesucht, die auch Gewalt anwendeten. Wer konnte wissen, zu was dieses Kind inzwischen fähig war?

Nach dem Aufsetzen und Abbremsen rollte die Alquanen von der Landebahn für Raumfähren zu der ihr zugewiesenen Standfläche des Raumhafens von Carbon Central.

„So, dann", sagte Arwen. „Val, ich habe inzwischen eine Idee. Ich muß dafür aber ohne Dich gehen. Hier auf dieser Welt sollten wir das Schiff nicht allein lassen. Wir bleiben über unser Holocom in Verbindung."

„Das Schiff ist nie allein", erklärte Val. Sie hatte den Sitz des Kopiloten verlassen und stand in der Mitte des kleinen Cockpits.

„So meinte ich das nicht", entgegenete die Elbin. „Die erwarten bestimmt, dass wir auftanken müssen oder Wartungsarbeiten durchführen oder so. Wir sollten nicht auffallen."

„Ah." Wieder erschien ein schelmisches Grinsen im Gesicht der Ktaphianerin, als sie plötzlich einen beschmutzten blauen Overall voller Taschen anhatte. In den Händen hielt sie einen grauen Kasten mit einem Gitter auf der Oberseite. „Ich sage ja schon lange, wir sollten wirklich mal die Filter wechseln."

„Welche Filter?" Arwen war völlig perplex.

Val grinste über das ganze Gesicht und zuckte frech mit den Augenbrauen. AKIs hatten offenbar Humor.

Als die elbische Frau die Tür zu dem kleinen Büro des Immigrationsbeamten öffnete, wußte sie schon, dass das Gespräch schwierig für sie werden würde. Der gesamte Raum roch nach den Ausscheidungen der Schweißdrüsen, die Menschen besaßen. Der Beamte selbst, der hinter dem unordentlichen Schreibtisch voller Ausdrucke saß, war ein Männchen. Und hatte, wie viele davon, nur noch wenige Haare auf der vorderen Hälfte seines Kopfes.

Arwen sah das rudimentäre Fell an seinem Körper, das unter der Kleidung hervorquoll, und wußte einmal mehr, warum sie Menschen nicht mochte.

„Nehmen Sie doch Platz", sagte er knapp, während er den Blick schon von ihr abwandte und etwas auf dem vor ihm befindlichen Display zu suchen schien. „Ah da, die Alquanen, unregistriert. Ich muß natürlich fragen, was Sie hierher nach Carbon führt."

„Natürlich." Die schlanke hochgewachsene Frau quetschte sich auf den für sie zu kleinen Stuhl. Ihr Gesicht zeigte eine lange eingeübte neutrale Ausdruckslosigkeit.

„Ich bin im Auftrag des Ältestenrates meiner Heimat hier,", log sie. Ein Elb hätte es sofort gemerkt, der Mensch hoffentlich nicht. „Uns ist zu Ohren gekommen, dass es hier zu Gewaltanwendung gekommen ist. Gewaltanwendung, die Gerüchten nach unter Zuhilfenahme unserer Technologie erfolgt ist." Sie machte eine bedeutungsschwangere Pause.

„Natürlich möchte unser Rat nicht, dass die guten Beziehungen zwischen der Regierung der elbischen Kolonien und den Regierungen der Kolonien des menschlichen Imperiums getrübt werden und möchten jeden Zweifel an einer Nichtbeteiligung unsererseits vollständig ausgeräumt wissen." Das war eine noch viel dreistere Lüge. Es gab überhaupt keine Beziehungen zwischen den Regierungen der Elben und Menschen. Die einzige legitime Regierung, die das Imperium anerkannte, war seine eigene, und zwar für die gesamte Galaxis. Alienspezies galten bestenfalls als lästige Eingeborene. Im Bereich des Äußeren Randes jedoch erwiderte man diesen Anspruch mit dem erhobenen Mittelfinger (oder seinem Äquivalent) - einer menschliche Geste, die von den anderen Spezies schnell übernommen worden war, um zu signalisieren: Ihr könnt uns mal.

Arwen hoffte, dass ein schlecht bezahlter Beamter auf einem Planeten, der größtenteils im Besitz eines privaten Konzerns war, sich nicht so schnell daran erinnern würde.

„Ach, wegen dem Anschlag. Kommen alle her deswegen." Der Mann wandte sich ihr wieder zu und verschränkte die dicklichen Finger ineinander. Eine Geruchswelle schwappte durch den Raum, so dass Arwen sich wünschte, sie hätte nicht um der Höflichkeit willen auf Nasenfilterstöpsel verzichtet.

„Es gab einen Anschlag auf die Raffinerie", erläuterte er. „Soweit stimmt das. Über Einzelheiten kann ich Ihnen nichts sagen. Ich schreibe einfach, dass Sie geschäftlich hier sind."

Wieder wandte er sich dem Display zu und berührte es auf seltsame Weise. Es dauerte eine Weile, bis die Elbin begriff, dass er darauf die Daten *eintippte*...

„Dann wäre da noch die Frage nach meldepflichtigen Handelsgütern." Offenbar war der Mensch intelligent genug, gleichzeitig zu tippen und zu sprechen. „Haben Sie Kristalle dabei?" „Sie meinen, solche?" Arwen zog ein kleines Kästchen aus ihrer Kleidung, denn genau darauf hatte sie schon gewartet. Sie öffnete es. Ein winziger Kristallmatrixsplitter schwebte darin, in allen Farben des Regenbogens glitzernd.

„Ist das Likristall?" fragte der Beamte. Die Elbin sah die Gier in seinen Augen aufkeimen.

Sie antwortete blumig: „Nun, das sollte ein Gastgeschenk sein an die Bewohner dieser Welt, um sie von unserem guten Willen und unseren friedlichen Absichten zu überzeugen. Alles, was wir suchen, ist die Wahrheit." Sie schob das Kästchen mit dem Kristall in die Mitte der abgenutzten Tischplatte.

*Gleich tut er es*, dachte sie, ihren Abscheu nur schwer unterdrückend. *Gleich grapschen die dicken Affenfinger danach, die gierigen Äugelchen quellen aus dem Affengesicht und er wird anfangen vor Gier zu sabbern.*

„Ah ja", war seine Antwort knapp.

Er tat es nicht. Es gab scheinbar auch Menschen, die sich etwas beherrschen konnten. Dabei war der Kristall hier auf dem schwarzen Markt sicher mehr als ein halbes Jahresgehalt des Beamten wert.

„Na dann schreibe ich Ihnen mal ein Einreisevisum aus", sagte er gedehnt und ließ den Blick nicht von dem wertvollen Stein. „Sie können sich in der Stadt frei bewegen. Für die Förderanlagen müßten Sie allerdings bei der Corporation nach einem Termin fragen."

Arwen entspannte sich kaum merklich. Es hatte wieder einmal geklappt.

Zwei Tage später verließen Val und sie den Planeten wieder. Mit einem offiziellen Visum in der Hand war die planetare Sicherheitsmiliz auf Carbon nicht so zugeknöpft gegenüber der Elbin gewesen wie sonst gegenüber Fremden. Und einige der

Damen und Herren hatten sich auch sehr entzückt über weitere kleine Likristall-Bruchstücke gezeigt. Arwen erfuhr, dass der ermittelnde Liquidator des Imperiums schon abgereist war. Er ging nach Wissen ihrer Informanten davon aus, dass der Anschlag auf die Raffinerie von einem Serientäter mit dem Codenamen „Hydra" ausgeführt wurden war. Die Hydra schoß stets mit tödlicher Treffsicherheit aus großer Entfernung mit einer Projektilwaffe wie einer *Ehta Lokinna Ilmallo*, die die Reptiloiden „Himmelsbüchse" und die Menschen „Drachenspeer" nannten. Abgesehen vom Decknamen war die Identität des Saboteurs völlig unbekannt.

Hier auf Carbon hatte er oder sie einen Lagertank für Mineralöl-Destillat in die Luft gejagt. Und zwar ziemlich professionell, hieß es. Das nachfolgende Feuer hatte die gesamte Raffinerie niederbrennen lassen. Glücklicherweise hatte es keine Todesopfer gegeben. Der Sachschaden war jedoch immens.

Arwen dachte lange über die Bedeutung des Namens Hydra nach. Hydra war der Name eines kleinen Polypen, der im Wasser lebte und in seinen Tentakeln einzellige Algen fing. Die winzigen Fangarme konnten überraschend schnell scheinbar aus dem Nichts zuschlagen.

Welches Wesen würde den Namen eines solchen Tierchens wählen? Etwa jemand vom Elbenclan der Süßwasserlanguste, der zum Wasserstamm gehörte, so wie ihre kleine Nichte Silmarien?

Val und Arwen beschlossen, der Spur zu folgen und mehr über die Hydra herauszufinden.

Sam schloß die Tür zu seinem Büro ab und sah beim Verlassen des Gebäudes die weiße Raumfähre der Fremden von der Betonpiste abheben und in den Himmel beschleunigen. Nicht erst, seit die Fremden hier vor ein paar Tagen erschienen waren, gingen die Dinge für ihn besser.

Die Zerstörung der Raffinerie durch den Anschlag hatte die Fossil Fuel Corporation schwer getroffen. Besonders die private

Konzernsecurity war den staatlichen Beamten hier in der Stadt immer mit Herablassung und ausgesuchter Gehässigkeit begegnet, denn die Corporation betrachtete den ganzen Planeten Carbon als ihr Privateigentum. Doch seit die Raffinerie nur noch ein Haufen ausgeglühten Schrotts war, hatten sie andere Sorgen. Man munkelte, die Corporation würde nun von einem Konkurrenten übernommen werden. Sie fürchteten um ihre Jobs.

Der Beamte ging leise pfeifend durch die Straßen, die noch naß vom nachmittäglichen Regen waren. Mit dem Kristall konnten sich Jona und er den lange gehegten Traum von dem kleinen Appartement verwirklichen. Im Alter würden ihrer beider Pensionen des Imperiums nicht eben üppig ausfallen und kaum zum Leben reichen, aber mit einem eigenen Appartement sah die Sache schon anders aus.

Vielleicht konnte man nun sogar einen Teil des mit vielen Entbehrungen Ersparten, das nun für den Kauf nicht mehr benötigt wurde, dazu verwenden, früher in den Ruhestand zu gehen.

Die Sonne schickte einen Strahl durch die aufreißenden Wolkenstreifen. Die Luft roch klar und frisch nach dem Regen. Sam blinzelte in das Licht und dachte daran, dass das Leben doch selbst hier schön sein konnte.

# Ziele

Silmarien lag auf einer Liege (so nannten die Menschen dieses Möbel) in ihrem Garten und genoß die Wärme der großen orangefarbenen Sonnenscheibe von Eldora. Sie trug die winzigen Stoffdreiecke, die auch ihre Nachbarinnen anzogen, wenn sie sich im Garten sonnten, und lauschte dem leisen Plätschern des Brunnens und dem Rauschen des Windes in den Farnbäumen ihres Gärtchens. Nicht, dass das Sonnen irgend ein Resultat außer der Empfindung von Wärme hatte. Bei Menschen regte solares ultraviolettes Licht die Bildung eines braunen Pigmentes in der Haut an; Lichtelben hatten unter diesen Umständen mit einem fürchterlichen Sonnenbrand zu rechnen, dem hartnäckige kleine blauschwarze Sommersprossen folgten, die unmißverständlich einen Hinweis auf die ungeliebte Verwandtschaft mit den Dunkelelfen gaben. Zum Glück war die eldoranische Sonne ein Stern der Spektralklasse K, die ihr Licht im Bereich des gelborangen Spektrums abgab und nur sehr wenig UV produzierte. Das wenige, was den Planeten erreichte, wurde von dem reichlichen Dunst in der Atmosphäre Eldoras absorbiert.

Keine Gefahr also für die Elbin, die sehr mit sich zufrieden ihren Müßiggang genoß. Sie hatte sich wider besseres Wissen beruflich nicht still verhalten, sondern einen weiteren Auftrag angenommen. Sie nahm, seit es so gut lief, nur noch Aufträge an, die sie besonders reizten, und dieser hier war kniffelig genug gewesen, um das zu tun.

Es war um den Lagertank einer Raffinerie gegangen. Das hörte sich zunächst nicht schwer an, dabei war es überhaupt nicht einfach, einen Tank mit feuergefährlicher Flüssigkeit in Brand zu setzen. Zum Brennen brauchte es nämlich Sauerstoff oder Halogene, und diese wurden in der Regel wohlweislich von der Tankwand fein säuberlich draußen gehalten. Mehr noch, Flüssigkeit und Sauerstoff mußten sich mischen. Schoß man einfach so auf einen Tank, bekam er ein Loch und lief aus. Es passierte nichts weiter. Kein Feuer.

Man mußte mit sehr gutem Timing an die Sache herangehen. Zunächst zwei Schüsse in den Deckel des Tanks, um der Luft den Zutritt zu ermöglichen. Dann ein Schuß in dem Boden, der sehr genau sitzen mußte, damit die Flüssigkeit auslief und im Tankinneren der sinkende Flüssigkeitsspiegel durch die oberen Löcher Luft einsaugen konnte. Dann hieß es warten, bis eine bestimmte Mischung aus Flüssigkeitsdämpfen und Luft das richtige brennbare Gemisch bildete. Das Zeitfenster dafür war nicht sehr groß. Außerdem mußte man genau abpassen, wann das Gelände evakuiert wurde, wenn die drohende Feuersgefahr bemerkt wurde, denn schließlich wollte sie keinen der Arbeiter unnötig in Gefahr bringen. Und dann endlich, ein Geschoß mit einer Zündmasse im Inneren mitten hinein. Kawummm....

Es war fast unmöglich, am helllichten Tag mehrere Schüsse mit so festem Timing aus einer dicht bewohnten Stadt heraus auf eine angrenzende Industrieanlage abzugeben, ohne entdeckt zu werden. Das Timing für sich allein war schon kniffelig genug.

Silmarien hatte dem nicht lange widerstehen können und angenommen. Was für ein Triumph, dass es geklappt hatte! Sie hätte vor Freude und Stolz noch jetzt aufspringen und wild lachend um ihren Liegestuhl herumtanzen können. Sie tat es nicht und blieb stattdessen wie stets mit geschlossenen Augen in der Sonne liegen. Die Nachbarn eben.

Dieser und der Auftrag davor hatten ihr jeder 20 Millionen imperiale Credits eingebracht. Gut, Kato bekam seinen Anteil, und die Geldwäscher des Monsignore zwackten ihren Tribut auch noch ab, aber es blieb doch sehr viel für sie selbst übrig. Sie war plötzlich wohlhabend. Das war so schnell gegangen. Noch vor zwei Dekaden war sie ein Habenichts gewesen und hatte Schulden und deswegen die Kredithaie von Neu Vegas am Hals. Jetzt mußte sie sich auf einmal darum kümmern, wo ihr Geld blieb, sollte es gar anlegen. Silmarien hatte schnell festgestellt, dass sie dazu gar keine Lust hatte und hatte einen Finanzverwalter in Eldora City damit beauftragt. Ab und zu mußte sie zu ihm, um zu erfahren was ihr jetzt alles gehörte. Mit Überraschung hatte sie dabei vor kurzem festgestellt, dass dabei inzwischen auch Anteile an einer Firma waren, der sie vor zwölf Jahren bei einem der ersten Aufträge eine Transportdrohne abgeschossen hatte. Sie mußte jetzt also sogar vorsichtig sein, sich nicht selbst zu schaden, wenn sie Aufträge annahm. Das war alles so unangenehm und lästig.

Ein leiser Glockenton signalisierte, dass eine Nachricht eingetroffen war. Silmarien öffnete ein Auge halb und sah die holografische kleine rote Raute über der Metallfläche ihres Mobil schweben, das auf dem Gartentischchen lag. Geschäftlich also. Sie beschloß, es zu ignorieren. Falls es Kato war, konnte sie ihn später zurückrufen, und mit dem Finanzverwalter wollte sie heute überhaupt nicht sprechen.

*Ich werde empfindlich,* dachte sie. Kein Wunder. Am Morgen hatte sie in der Toilettenschüssel neben dem Üblichen ein kleines violettes Kügelchen entdeckt. Ein unreifes Ei. Ihre Paarungszeit kündigte sich an. Waren wirklich schon wieder drei Standardjahre vergangen seit dem letzten Mal?

Ich sollte für eine Zeitlang verschwinden, mahnte sie sich selbst in Gedanken. Die Träume, das Sich-gestört-Fühlen, Überempfindlichkeit, all das würde noch zunehmen. Es wäre besser einige Zeit unter einem Vorwand abwesend zu sein. Ein längerer Urlaub, vielleicht würde sie den diesmal wirklich machen und nicht nur ihren Nachbarn vorgaukeln.

„Sil! Huhu!" rief eine Frauenstimme aus der Nähe. Es konnte nur die Nachbarin sein, die an der Gartenhecke stand. Scheinbar war es der Elbin heute nicht vergönnt, einfach faul in der Sonne zu liegen und ihre Gedanken treiben zu lassen, wohin sie wollten. Mit einem unhörbaren Seufzer setzte sie sich auf und beschattete die Augen mit der Hand.

„Ja?"

„Ach schön, ich dachte schon, Du schläfst. Ich wollte fragen, ob Du heute abend auch bei den Millers bist...", begann die menschliche Nachbarin einen längeren Redeschwall, dem Silmarien jedoch zuvorkam.

„Ja, ich habe zugesagt", antwortete sie knapp. „Hab' schon etwas Besonderes zum Grillen besorgt."

„Oh, das klingt aber geheimnisvoll", erwiderte die blonde Frau von der Hecke neugierig.

„Überraschung", sagte die Elbin und zwinkerte ihr zu, bevor sie sich wieder zurücklehnte.

„Na dann sehen wir uns ja."

„Ja, bis dann." Silmarien hatte keine Lust auf Smalltalk. Nicht jetzt.

Nach Sonnenuntergang versammelte sich die Nachbarschaft im größten Garten der Straße, der zum Haus der Millers gehörte. Das Grillen von Fleisch war ein archaisches Ritual, das Silmarien zuerst sehr verwundert hatte. Die Jahreszählung der Menschen war bei über 11000 angekommen, was bedeutete, dass ihre Kultur mindestens genauso alt war. Trotzdem benahmen sie sich bei ihren Freizeittreffen noch immer so, als würden sie mit Fellen behangen in Höhlen leben. Die Männer brieten die fernen Nachfolger der Jagdbeute über dem offenen Holzfeuer, während die Frauen beieinander saßen und den neuesten Tratsch besonders über die abwesenden Mitglieder der kleinen Vorstadtgemeinde austauschten. Selbst die homosexuellen Individuen ordneten sich je nach Neigung einer der beiden Gruppen zu (Menschen hatten wie die meisten intelligenten Spezies mit Geschlechtern einen mittleren Anteil an Homosexualität von etwa 10 Prozent, bei den Elben lag er etwas niedriger).

„Habt ihr schön gehört..."

„Nein! Was Du nicht sagst!"

„Doch, ehrlich!"

Silmarien machte ein neutrales bis unbeteiligt interessiertes freundliches Gesicht, wie sie es stets bei den Treffen dieser Art tat. Es gehörte dazu, das Geplapper über sich ergehen zu lassen. Und das Imponiergehabe der Männer untereinander mit dem

Anpreisen ihrer neuesten technischen Spielzeuge und deren Vorzügen war ehrlich gesagt auch nicht viel interessanter.

„Die Myrtners von Nummer 23 bekommen Nachwuchs, glaube ich." Die rothaarige Mira aus dem Haus gegenüber lehnte sich genüßlich zurück.

„Ach was. Das glaube ich nicht. Die sind doch gerade erst hergezogen", meinte Vera, die schon etwas älter war und wie Silmarien allein lebte.

„Na wenn ich's doch sage! Also, neulich hab ich sie gesehen", begann die Erzählerin und senkte die Stimme geheimnisvoll, „sie kam gerade aus dem Haus, in so einem kurzen Sommerkleidchen. Man konnte fast alles sehen. Und wie sie zum Robotaxi geht, sehe ich im Profil ihren Bauch. Eine schöne kleine Rundung. Mindestens vierter Monat, wenn ihr mich fragt."

„Ach deswegen war sie vorletzte Woche beim Arzt in der Stadt", piepste Jana von Haus Nummer 15.

„Naja, macht ja auch Sinn."

„Also das hätte ich nicht gedacht, so schnell..."

Der kleine Kreis der Verschwörerinnen löste sich in ein Gewirr von Einzelunterhaltungen auf.

„Sil, Liebes."

Die Elbin zuckte unmerklich zusammen. Die Aufmerksamkeit der Gruppe richtete sich nun auf sie.

„Du siehst so blaß und müde aus. Geht es Dir gut?" Die schwarzhaarige Marie wohnte mit ihrer Freundin in der Querstraße westlich von hier.

„Ach, ich hab viel gearbeitet in letzter Zeit", antwortete Silmarien. „Nicht soviele Kontrakte bei Kunden, aber dafür geschäftliche Treffen. Anstrengend für mich."

„Ah so?" Vera war selbst Geschäftsfrau, ihr gehörte eine kleine Firma, die Lebensmittel auf Eldora herstellte. „Orientierst Du Dich um?"

„Ich hab ein paar Ersparnisse. Mein Agent meinte, es sei besser, das Geld anzulegen."

„Das stimmt auch", erwiderte die ältere Frau mütterlich. „Man muß da schon ein Auge drauf haben. Sonst holen es die Inflation und das Finanzamt" Sie lachte und hob mahnend den Zeigefinger.

„Ich hab' mir das nicht so anstrengend vorgestellt..."

„Ach Sil", munterte Vera sie auf und warf ihre ergrauten Haare in den Nacken. „Das wird schon."

„Vielleicht sollte ich einfach mal eine Weile Urlaub machen", bemerkte die Elbin wie nachdenklich. „Eine von den Kolonien ansehen..."

„Oh, das klingt aber interessant", mischte sich nun Mira wieder ein. „Du weißt doch sicher schon, welche? Na?"

Die kleine rothaarige Menschfrau grinste vor Freude, ihre elbische Nachbarin ertappt zu haben. „Na komm' schon, sag es uns..."

„Ich dachte vielleicht, Finna. Ich mag das Meer."

Finna war eine der Kolonien, die zu Eldora gehörten. Eine junge Ozeanwelt, in der es nur einige Vulkaninseln gab. Die Bewohner widmeten sich der Zucht der dort von ihnen angesiedelten Meerestiere.

„Ich dachte, da gibt es nur die Fischer. Kann man da Ferien machen?", fragte die Piepsstimme.

„Ein paar Inseln haben kleine Ferienanlagen, abseits der Fischerei." Silmarien hatte sich bereits über die eldoranische Kolonie erkundigt. „Sie haben auch Schutzdächer am Strand, wegen der Sonne."

„Oh, ist die so stark?"

„Naja, ziemlich blauweiß. Ohne Blocker könnt ihr nur ein paar Minuten ungeschützt in der Sonne bleiben. Ich leider gar nicht", erklärte die Lichtelbin. *Was für eine Ironie*, dachte sie, *dass Lichtelben es im hellsten und weißesten Licht nicht aushalten können.*

„Naja, aber eigentlich fahre ich wegen dem Fisch hin", setzte sie ihre Erklärung nach einer kurzen Pause fort. „Die Megaweißfische sollen eine Delikatesse sein. Übrigens, ich hab ein paar Stücke Filet davon besorgt..."

Allgemeiner Jubel übertönte sie. Nur Vera zog ein Gesicht, denn sie mochte keinen Fisch. Die anderen waren begeistert.

„Haben die denn nicht Gräten?"

„Oh doch, so dick wie Schreibstifte. Keine Angst, die kannst Du nicht übersehen..."

„Und schon gar nicht aus Versehen runterschlucken, haha."

„Gehen wir doch mal zu unseren Jungs rüber und sehen, was das Fleisch macht..."

Spät in der Nacht, als das Feuer zu Glut zusammengefallen war und alle mehr oder weniger geraden Weges nach Hause gegangen waren, lag auch Silmarien noch wach in ihrem Bett und dachte über den Abend nach. Alkohol hatte keine Wirkung auf Elben, außer einem bitteren Geschmack. Dennoch hatte sie nur wenige der angebotenen alkoholischen Getränke angenommen. Sie hätte buchstäblich jeden auf dem kleinen Gartenfest unter den Tisch trinken können, ohne auch nur einen Schwips zu bekommen.

Und das hatte sie auch getan, damals, als sie sich noch als Wanderarbeiterin hatte durchschlagen müssen. Zwar hatte Yoko ihr geholfen, eine ihr mit ihrem Paß zustehende Rehabilitationsmaßnahme zu beantragen, als sie aus dem Gefängnis entlassen worden war und sich einigermaßen durch Yokos Fürsorge stabilisiert hatte. Aber die Wartezeit auf die staatlichen Maßnahmen war lang, und selbstverständlich wurden Menschen bevorzugt in die Programme aufgenommen.

So war die Elbin als Wanderarbeiterin losgezogen, auf die Industriekolonien, von einer zur nächsten, wie es auch so viele Menschen taten, die nichts als sich selbst besaßen. Besondere Kenntnisse wurden nicht verlangt, außer der Bereitschaft, harte und dreckige Arbeit in langen Schichten in ungesunder Umgebung für wenig Lohn zu leisten. Sie nahmen jeden, sogar zwei Reptiloiden traf Silmarien dort, die bei ihrem Volk ihre Ehre als

Krieger verloren hatten und ausgestoßen worden waren. Wanderarbeit war das Sammelbecken für alle, die keinen anderen Ausweg mehr hatten, wenn sie überleben wollten.

Der geringe Lohn reichte kaum für eine Unterkunft, dennoch vertrieben sich die meisten Arbeiter ihre Zeit an ihren Treffpunkten mit Trinken und Wetten auf die Bokara-Spieler. Die Elbin hatte dabei mehrfach alle ihre Kollegen unter den Tisch gesoffen, buchstäblich. Jedoch schien das eine Art Verbundenheit mit den Menschen zu erzeugen. Sie quälten sich gemeinsam durch die Arbeitsschichten und genossen gemeinsam ihre primitiven Freuden.

Und wenn am Ende des Monats das Geld wieder einmal nicht mehr für die Gitterbetten der Sammelunterkünfte reichte, dann schlief man eben ein paar Nächte gemeinsam in die weiten grauen Umhänge gewickelt, die so charakteristisch für die Wanderarbeiter waren, in einer Hausruine oder unter einer Brücke. Alles, was einer von ihnen wirklich zum Überleben brauchte, paßte in die vielen Taschen im Inneren des Umhanges, der im Notfall zugleich wasserdichte Unterkunft und wärmendes Bett sein konnte.

Und wenn es soweit war, zog man auch in wechselnden Gruppen auf den nächsten Planeten, der einem Konzern gehörte, um sich dort weiter zu verdingen. Nicht umsonst bewegte Silmarien sich während ihrer Aufträge als Hydra so sicher unter den Arbeitermassen. Sie kannte sie wie sich selbst.

Ein Augenblick aus jener Zeit blieb der Elbin für immer im Gedächtnis haften. Alkohol konnte ihr nichts anhaben, aber Minzextrakt, für Menschen harmloser Geschmacksstoff, war für die elbische Physiologie ein schweres Narkotikum. Sie war auf Irfan IV, dessen lokale Spezialität ein Minzlikör war, nach einem kurzen Nippen buchstäblich bewußtlos umgefallen, selbstverständlich unter dem lauten Johlen der Umstehenden.

Als sie am nächsten Tag nicht ohne Übelkeit und Kopfweh bei der Arbeit ihrem Kollegen Jerman begegnete, hatte der sie kurz an die Seite gezogen.

Silmarien hatte sich unglücklich gefühlt und geglaubt, dass nun alles verdorben sei, doch der Mann mit dem groben und zerfurchten Gesicht hatte keine Abneigung in den Augen.

„Sil", hatte er gesagt, „nimm das jetzt bitte nicht persönlich, für uns bist Du eine von uns. Aber die anderen könnten das mißverstehen." Bei diesen Worten berührte er mit einem Finger wie beiläufig nur ganz kurz die Spitze eines ihrer Ohren und gab ihr dann eine einfache Strickmütze. „Zieh besser das an", hatte er ihr gesagt und aufmunternd zugenickt. Und seit diesem Tag hatte sie dazugehört. Sie besaß diese Mütze immer noch.

Hier, in dieser kleinen Vorstadtsiedlung von Bungalows fühlte sie sich auf eine ähnliche Weise zugehörig, auch wenn der Tratsch und die Kleinigkeiten manchmal nervig waren. Sie lebte wie die Menschen, mit den Menschen, arbeitete wie sie, teilte die kleine Freude ihrer Geselligkeiten und die traurigen Momente ihres Lebens. Sie waren immer so beschäftigt mit Nichtigkeiten, sie lebten ihre kurzen Leben, litten und hatten Spaß und hatten nicht genug Jahre zur Verfügung, um herauszufinden, was sie eigentlich mit ihrem Leben anfangen sollten.

*Aber,* durchzuckte Silmarien ein plötzlicher Gedanke, während sie im Dunkeln an die Decke ihres Schlafzimmers starrte, *weiß ich denn, was ich mit meinem Leben anfangen will?*

Dieser Gedanke ließ sie nicht mehr los. Er ging noch in ihrem Kopf herum, als sie am Strand von Finna unter einem Schutzdach aus Filterglas stand, das die scharfen Strahlen einer ungestümen jungen Sonne der Spektralklasse A abmilderte, in einer Umwelt, in der es keine Gelb- und Rottöne zu geben schien, nur ein gnadenloses blauweißes Licht, das sich aus dem violetten Himmel herab auf den grauen Strand und das dunkle Meer ergoß und in Myriaden von Glitzerscherben zersprang.

## Verborgen

Ganz in weiß gekleidet saß die alte Dame im Schatten unter einem Baum im Park und zog genußvoll an ihrer Zigarette. Es war verboten in der Residenz, das wußte sie genau, und sie wartete nur darauf, dass eine der Pflegekräfte sie entdecken und ihrem kleinen süchtigen Vergnügen ein Ende bereiten würde. Wie eine Königin sah sie aus mit dem breitkrempigen weißen Sommerhut, und seit ihr Sohn Kato sie in dieser sehr luxuriösen Seniorenwohnanlage untergebracht hatte, fühlte sie sich auch so. Der arme Junge mußte dafür leider schrecklich viel arbeiten, sie sah ihn nicht sehr oft. Es war schön hier, wirklich idyllisch. Aber leider auch ein wenig langweilig.

Sie sah eine Gestalt in Dienstkleidung vom Haupthaus aus direkt über die besonnte grüne Rasenfläche in ihre Richtung kommen. Sie kannte seinen Namen, er hieß Munar. Und sie wußte auch noch einige andere nützliche Details über ihn. Es zahlte sich manchmal aus, großzügig gegenüber den Pflegekräften insgesamt zu sein.

„Großmutter, Sie wissen doch, dass das nicht erlaubt ist", begann er mit tadelnder Stimme, als er sie erreichte. „Das Rauchen ist in der gesamten Anlage nicht gestattet, nicht nur im Haus."

„Ja, ja, ich weiß", antwortete Yoriko gelangweilt. „Ich störe doch aber hier draußen niemand. Ich gehe extra hierher in diese Ecke vom Park, weit weg von allen anderen."

„Bitte, Großmutter." Er verwendete die respektvolle Anrede, die in ihrer menschlichen Sozialisation für ältere Menschen üblich war. „Ich bekomme sonst Ärger."

„Ach gut", konnte sich die alte Frau ein Seufzen nicht verkneifen, ehe sie ihr Stäbchen im mitgebrachten Aschenbecher zu Tabakkrümeln zerdrückte. Es war kein echter Tabak von der

Erde, sondern fermentierte Blätter einer ähnlichen Pflanze. Echten Tabak von Terra konnte sich im ganzen Vegas-Sektor niemand leisten. Wahrscheinlich nicht einmal der Monsignore.

„Du heißt Munar, nicht wahr?" Ohne Umschweife kam sie nun zur Sache.

„Ja, Großmutter. Sollen wir vielleicht wieder hineingehen? Es ist heute sehr warm hier draußen."

„Ich möchte ein wenig ungestört mit Dir plaudern."

„Mit mir?" Der Pfleger war aufrichtig verwundert. Er und seinesgleichen waren normalerweise keine ernstzunehmenden Gesprächspartner für die alten Leute aus einer sehr viel höheren sozialen Schicht.

„Ja, mit Dir. Siehst Du die beiden alten Herren da drüben mit ihrem Besuch?" Die weißgekleidete Frau wies verstohlen mit dem Finger zur Seite. „Vorsicht. Sieh nicht direkt hin."

Der Pfleger bewegte nur die Augen. „Ja, Großmutter. Was ist mit ihnen?"

„Das sind Sergej und Vladimir. Man flüstert, sie wären einst im Syndikat gewesen. Jedenfalls sind die jungen Männer, die sie regelmäßig besuchen, nicht ihre Söhne. Ich vermute, sie versorgen sie mit Informationen, was draußen so vor sich geht."

„Im Syndikat", flüsterte der junge Mann, als fürchtete er, hier am anderen Ende des Parkes von ihnen entdeckt zu werden.

„Vielleicht ist es nur Gerede." Die alte Dame nahm ihr Gegenüber nun fest in den Blick. „Fakt ist, ich möchte auch gerne Informationen von draußen. Du könntest Dir eine Kleinigkeit dazuverdienen."

„Aber Großmutter, das ist nicht gestattet..."

„Du hast doch eine Tochter, die bald auf die Oberschule kommt", schnitt sie ihm mit der Schärfe einer Stahlklinge in der Stimme die Antwort ab.

„Ja, das stimmt, aber..."

„Schon eine Oberschule ausgesucht?" Yoriko ließ ihn wieder nicht zu Ende sprechen.

„Wir dachten an die Esperanza-Schule. Großmutter, ich denke wirklich, wir sollten hineingehen."

„Esperanza... was wäre denn mit der Lincoln-Schule", sagte sie und blickte wie beiläufig zum nahen Waldrand hinüber, wohl wissend, dass der Pfleger sich das niemals leisten konnte.

„Ich hörte, mit einen Lincoln-Abschluß hat man eine gute Chance auf eine sehr erfolgreiche Karriere hier im Sektor", setzte sie hinzu, „man kann sogar die Aufnahme an der Imperialen Akademie erwirken und dort studieren."

„Das ist schwierig für meine Frau und mich", erklärte Munar verlegen, „und sie haben hohe Ansprüche dort. Ich weiß nicht, ob Lena das schafft."

„Lena heißt Deine Tochter also. Ich hörte, sie sei ein begabtes und fleißiges Mädchen." Die alte Dame sah ihn durchdringend aus ihren schmalen schwarzen Augen an. „Alle Schulen haben ein Programm für Begabtenförderung. Sie könnte es doch versuchen."

„Die Chancen sind sehr klein, zugelassen zu werden..." Der jüngere Mann wand sich vor Verlegenheit, als wüßte er, was jetzt kommen würde.

Yoriko sprach aus, was er dachte. „Ohne Beziehungen ist es fast unmöglich."

Eine kurze Pause entstand. Dann sagte sie: „Wie es der Zufall will, habe ich ein paar Beziehungen. Hatte früher mal geschäftlich mit dem Monsignore zu tun."

Munar stöhnte leise. Er hatte sich jetzt vor die Bank, auf der sie saß, hingehockt. „Es ist nicht erlaubt", flüsterte er.

„Ich verlange nichts Ungesetzliches von Dir." Wie zum Trost legte sie die weiß behandschuhte Hand auf seine Schulter. „Ich gebe Dir ein paar Kontakte, und Du triffst Dich hin und wieder mit Leuten und sprichst mit ihnen. Und berichtest mir. Nichts weiter."

„Und es wird keine Gegenleistung in der Form unerlaubter Bezahlung geben", setzte die alte Dame hinzu, „alles was ich tue, ist auch mit ein paar Leuten zu sprechen."

Sie drückte seine Schulter.

„Ein Gefallen für einen Gefallen. Nichts weiter." *So läuft das unter uns reichen Leuten*, dachte sie nur still, ohne es auszusprechen.

Der Mann sah hoffnungsfroh zu ihr auf. „Und Lena könnte wirklich auf die beste Oberschule gehen?"

„Da kannst Du sicher sein", nickte Yoriko mit ausdruckslosem Gesicht.

Sie hatte sich schon lange nicht mehr so jung gefühlt.

*

Das Appartement in einem der oberen Stockwerke eines Hochhauses in einer der Metropolen auf Core-5 war dunkel. Der Mann, dem es gehörte, benötigte kein Licht, um seinen Geschäften nachzugehen. Er war nicht blind und auch nicht auf andere Weise körperlich behindert, aber er zog es vor, bestimmte Geschäfte ausschließlich an diesem Ort mit Hilfe eines Braille-Terminals zu tätigen. Genau genommen besaß er dieses Appartement ausschließlich zu diesem Zweck, und er besuchte es nur nachts.

Moderne Überwachungstechnik war allgegenwärtig, und obwohl die Netzwerkleitungen im allgemeinen gut verschlüsselt und abgeschirmt wurden, konnte man nie wissen, ob nicht eine Mikrodrohne vor dem Fenster schwebte und einen mitsamt den Holodisplays filmte.

Bei Dunkelheit war das schon viel schwieriger, aber vielleicht im Infrarot oder Ultraviolett noch möglich. Blindenschrift hingegen konnte man nur ertasten, und das dazugehörige Terminal hatte eine kleine Abdeckung, so dass nicht einmal die Bewegungen der Hände des Mannes zu erahnen waren.

Jeder seiner Konkurrenten und zeitweiligen Verbündeten traf ähnliche Vorsichtsmaßnahmen bei dieser Art von Geschäften. Wer so einflußreich oder vermögend war, war nicht in diese Position geraten, ohne dabei ein paar illegale Tricks zu benutzen.

Er ertastete eine Nachricht auf der beheizten Fläche mit der Punktschrift. Johansen hatte erfolgreich ermittelt und einen professionellen Sniper als Ursache für die Probleme in einigen Konzernen im Besitz des Mannes erkannt. Sogar einen der Auftraggeber hatte er herausbekommen, es war eine örtliche Gewerkschaft auf dem Planeten, der dem Konzern gehörte. Synthmetal oder so ähnlich. Der Mann besaß Anteile an so vielen Unternehmen, dass er nicht einmal alle Namen von ihnen sofort parat hatte.

Eine Gewerkschaft also. Das trug deutlich die Handschrift von Rosa von Geldern, eine seiner ärgsten Konkurrentinnen. Er machte sich einen Vermerk, die Verbindung noch zu überprüfen, und schrieb dann ein kurzes Memo an Johansen, den er für seine ausgezeichnete Arbeit lobte. Es war ein fähiger Liquidator, für den man noch Verwendung haben würde. Allerdings schien er etwas zu besessen zu sein von dem Gedanken, diesen Sniper wirklich zu stellen. In diesem Punkt würde er noch lernen müssen.

Alle gewöhnlichen Gruppen und Personen waren nur Bauern in einem großen Schachspiel, bei dem es um weit mehr ging als sie sich jemals vorstellen konnten. Man benutzte sie, ließ sie fallen, wenn man sie nicht mehr brauchte, und man opferte sie ohne Bedenken auch. Sie waren eine reichlich nachwachsende Ressource.

Der Sniper und auch der Liquidator selbst hingegen gehörten aufgrund ihrer speziellen Fähigkeiten zu den wertvolleren Spielfiguren, die man nicht ohne weiteres opferte, wenn es keinen triftigen Grund etwa in Form eines erheblichen Gewinnes gab. Es konnte immer sein, dass man sie im späteren Verlauf des Spiels wieder brauchen würde.

Das Braille-Terminal machte leise klickende Geräusche, als neue Informationen einliefen. Die fragliche Gewerkschaft hatte

Spenden bekommen, nicht lange vor dem Anschlag, und zwar von Strohmännern, von denen der Mann schon wußte, dass sie für Rosa arbeiteten. Er lächelte kalt im Dunklen.

Es wurde wohl Zeit, selbst etwas Geld unter den Willigen zu verteilen. Von Geldern besaß unter anderem einen Agrarkonzern, in den sie zur Zeit einen nicht unerheblichen Teil ihres Vermögens investierte. Ein paar Planeten im Gheridanes-Sternhaufen wurden gerade mit hohem Aufwand von ihr terrageformt.

Flink tippten die Finger des Mannes eine Suchanfrage ein, und die Ergebnisse erschienen umgehend. Oh ja, nicht alle waren mit dem Terraforming einverstanden. Es gab einige gemeinnützige Organisationen, die dagegen protestiert hatten. Und die ihrerseits wieder ihnen nahestehende Aktivistengruppen hatten. Aktivistengruppen. Oh, diese jungen Leute waren so dankbar für Spenden, und sie waren mit ihrer jugendlichen Energie und ihrem Sendungsbewußtsein so wunderbar leicht zu manipulieren. Man konnte sie mit etwas Unterstützung leicht dazu bringen, „endlich etwas zu tun", und sie schreckten auch vor radikalen Methoden nicht zurück.

Selbstverständlich würden sie nicht lange überleben, wenn die von ihnen verübten Anschläge erst einmal die Aufmerksamkeit der imperialen Verwaltung erregt hatten. Sie würden im Kugelhagel der Elitetruppen unter der Führung eines Liquidators sterben. So war es immer, und es kümmerte den Mann nicht. Wer Korn ernten wollte, mußte dafür Getreidehalme abschneiden. Das war die eine Regel des großen Spiels.

Mit geübten Fingern autorisierte er die Codefolge für die Zahlung von einem seiner schwarzen Konten an einen bestimmten, sehr verschwiegenen Finanzdienstleister.

Rosa stellte sich besser schon einmal auf empfindliche Verluste ein. Später konnte man mit ihr diskret verhandeln. Ein Gefallen gegen einen Gefallen. Vielleicht verbündete man sich noch später sogar gegen gemeinsame Widersacher. Auch das war schon immer so gewesen.

*

Mit kräftigen Schritten kletterte Silmarien den Bergpfad hinauf. Ihr Urlaub zog sich nun schon über Wochen hin, und sie verspürte noch keine Lust, ihn zu beenden. Der Kies knirschte unter ihren Stiefeln, und im grellen Licht und dem harten Schattenwurf sahen die leblosen Bergspitzen vor dem violetten Himmel beinahe surreal aus. Das Motiv erinnerte sie an eines der Kunstwerke von Sonatello, dem einzigen menschlichen Künstler, dessen Arbeiten sie mochte. Sie hatte sich in den Anblick des Meeres von Finna verliebt, besonders bei Sonnenuntergang. Allerdings genügte ihr der Strand nicht mehr. Schwimmen machte im harten UV-Licht der A-Sonne wegen der giftigen Purpuralgen im Meer nicht lange Spaß, weil man sich ständig vorsehen mußte und sich nicht entspannt treiben lassen konnte. Aber sie konnte den Sonnenuntergang auch von einer Menge anderer Punkte aus sehen, aus den Bergen zum Beispiel. Mit Schutzkleidung ähnlich der, die die Fischer bei ihrer Arbeit trugen, konnte man in den vegetationslosen Bergen wandern gehen. Von den wenigen Touristen hier war die Elbin die einzige, die das tat.

Sie erreichte den Bergrücken, eine scharfkantige Klippe. Es war still, denn das einheimische Leben von Finna war noch zu jung und hatte die Landflächen noch nicht besiedelt.
Der Ausblick über das Meer war grandios, im bläulichen Licht glitzerte es wie flüssige Diamanten. Dennoch war noch Zeit bis zum Schauspiel des Sonnenunterganges. Vielleicht heute sogar mit einem „blauen Blitz"?
Ihr gefiel dieser Ort, und sie überlegte, ob sie nicht Land hier an der Klippe kaufen sollte, um ein Ferienhaus zu bauen. Mit Filterfenstern und allem. Aus einem Impuls heraus zog sie ihr Mo-

bil aus der Tasche und schaltete es ein. Seit Tagen zum ersten Mal.

Es dauerte eine Weile, ehe der kleine mobile Computer einen Satelliten fand und die Verbindung ins Netz aufbaute. Finna war sehr abgelegen und hatte nicht viel orbitale Infrastruktur. Dann plötzlich erschien das rote Rautenhologramm über dem Display. Mehrfach umrandet. Jemand hatte mehrmals versucht, sie zu erreichen.

Silmarien runzelte die Stirn. Kato wußte doch, dass sie länger im Urlaub war. Zögernd berührte sie die sich drehende Raute und erhielt eine Liste mit vier Nachrichten von ihm.

Drei davon waren Voicemails, in denen er sie dringend aufforderte, mit ihm wegen einer wichtigen Information sofort Kontakt aufzunehmen.

Die vierte enthielt nur den Satz „Schlüssel 8" und einen langen codierten Anhang.

Die Elbin wußte, was sie zu tun hatte. Kato und sie hatten eine Reihe von persönlichen Codes vereinbart, die sie verwendeten, wenn sensible Informationen über das Netz versendet wurden. Schlüssel 8 war eine zufällig generierte Bitfolge, die nur sie besaß, zum Öffnen dieser Nachricht verwenden würde und danach niemals wieder.

Sie las die Nachricht erst, nachdem die Verbindung zum Netz getrennt war.

„Hallo Silmarien", schrieb Kato, „ich störe Dich wirklich ungern in Deiner Abgeschiedenheit, aber es ist etwas passiert, von dem Du wirklich erfahren solltest. Wir wissen ja schon, dass ein imperialer Liquidator Nachforschungen über Dich anstellt, aber mehr Sorge macht mir, dass Deine Artgenossen ebenfalls beginnen, sich für Dich zu interessieren. Am Anfang war es schwer, darüber mehr herauszufinden, bis ich bemerkt habe, dass sie örtliche Beamte mit kleinen Likristall-Splittern bestechen. Einer meiner Agenten vor Ort hat einen zum Kauf angeboten bekommen, und mich danach gefragt. Danach war es leicht, ihre Spur ausfindig zu machen.

Sie forschen an allen Orten nach, an denen Du gewesen bist, und vor kurzem haben sie Kurs auf den Neu-Vegas-Sektor genommen. Sie scheinen zu ahnen, dass Du die Hydra bist und auch Kenntnis von den Möglichkeiten Deiner Waffe zu haben.

Die Elbin, die nach Deinen Aktivitäten fragt, heißt Arwen, mehr konnte ich nicht über sie herausfinden.

Ob Verwandte oder eure Regierung, das alles klingt für mich nicht gut.

Gruß und melde Dich bitte, Kato."

# Schlinge

Ikarus war das Überbleibsel eines Scheiterns. Das Terraforming hatte hier zu einer halbwegs atembaren Atmosphäre geführt, doch es war einfach zu trocken, um eine Biosphäre anzulegen. So war der große Mond des Nachbarplaneten von Eldora eine begehbare Wüste geblieben, trockenes Geröll unter den Füßen und Staub in der kalten Luft. Dennoch, mit genug Vorrat an Wasser und etwas Zusatzsauerstoff konnte man hier in warmer Kleidung eine ganze Weile herumlaufen, ohne gesundheitliche Probleme befürchten zu müssen.

Weil es hier nichts gab, das man zerstören konnte, war der Mond für die Eldoraner für jegliche Freizeitaktivitäten freigegeben. Hier konnte man nach Herzenslust mit allem herumfahren, starten und landen, in der niedrigen Schwerkraft mit selbstgebauten Gleitern herumkurven, und einige Gebiete waren auch zum sportlichen Schießen freigegeben.

Silmarien befand sich in einem der letzteren. In den höheren Breiten war man so gut wie immer allein, da es hier noch kühler und windiger war als am Äquator, wo die meisten Besucher blieben und ihrem Spaß nachgingen. Aber die Elbin konnte bei ihren Schießübungen keine neugierigen Beobachter gebrauchen. Ohnehin mußte sie die Zeit abpassen, in der elektromagnetische Störungen von Amorphe, die Ikarus umkreiste, jegliche Satellitenoperationen unmöglich machten. Ihren Drachenspeer verbarg sie bis dahin in einem Zelt, in dem auch Trockennahrung, Wasser und Sauerstoff lagerten, und natürlich ein ausreichend warmer Schlafsack. Ein kleiner Speeder parkte davor.

Nach dem Besuch bei Kato hatte sie beschlossen, ihren Urlaub hier, nicht weit von zuhause, fortzusetzen. Sie mußte dringend nachdenken.

Die Nachrichten von Kato waren in der Tat bestürzend gewesen. Ihr Clan suchte nach ihr, nach über einem Jahrhundert. Auf einer der Aufnahmen, die er ihr in dem kleinen Büro auf Neu

Vegas gezeigt hatte, hatte sie ganz deutlich Arwen erkannt. Arwen ar-Nennan Lok'ni, die wie sie den Namen des Wasserstammes und den Clannamen der Süßwasserlanguste trug. Obwohl sie nur wenig älter als Silmarien war, war sie rein genealogisch ihre Tante und nach den Regeln des Stammes bereits volljährig. Was bedeutete, sie konnte ihre kaum jüngere Nichte, die noch als Kind galt, einfach am Schlawittchen packen und mitnehmen nach Ramcar. Jedenfalls nach dem Brauch der konservativen elbischen Völker, der hier, auf einer imperialen Welt, eigentlich nicht galt. Aber die Schlinge schien sich bereits zuzuziehen.

„Was bedeutet das, Silmarien", hatte Kato sie gefragt, und in seinem Gesicht hatte ganz deutlich die Angst um ein geliebtes Wesen gestanden. Menschen beherrschten ihre Gefühle so schlecht. „Was werden sie mit Dir machen, auf Deiner Heimatwelt?"

„Sie können alles mit mir machen, was sie wollen, außer vielleicht mich zu töten. Nach unseren Gesetzen bin ich mit weniger als zwei Yeni, was 288 Jahren eurer Rechnung entspricht, noch nicht volljährig und habe keine Bürgerrechte."

Kato hatte sie daraufhin wortlos umarmt, sie so fest gehalten wie noch nie in seinem kurzen Leben.

„Ich hatte Kontakt mit Gewalttaten, ohne die Ausbildung der Kriegerkaste", erläuterte die Elbin schonungslos weiter, „sie werden mich zuerst von Psychokybernetikern untersuchen lassen, die meinen Geist gründlich auseinandernehmen. Und ich meine gründlich damit. Wenn sie herausbekommen, dass ich damals bei der Befreiungsfront war und getötet habe, und was danach alles im Gefängnis passiert ist, werden sie mich in ein Rekonditionierungszentrum bringen."

Der junge Mann hielt sie noch immer fest. Er machte ein Geräusch, das sie als Schluchzen interpretierte. Sie legte die Hand auf seinen Kopf und streichelte ihn sanft.

„Dass ich hier als Auftragssniperin danach noch beträchtlichen Schaden verursacht habe, wird dann schon keine Rolle mehr spielen. Diese Zentren sind bei unserem Volk die Orte, an de-

nen man Geisteskranke behandelt. Die Intention ist gut – nämlich ihnen durch die Rekonditionierung ein einigermaßen normales Leben zu ermöglichen, und die Behandlung soll nicht
schmerzhaft sein -, aber was dabei herauskommt, ist erbärmlich.
Mit etwas Glück hätte ich nach der Entlassung noch genug Intelligenz übrig, um als Helferin bei der Ernte von Jokanüssen zu
arbeiten. Ich könnte mich an nichts hier mehr erinnern. An gar
nichts."
„Aber das geht doch nicht", erwiderte der Enkel ihrer lang ver-
storbenen menschlichen Freundin. „Die können Dich doch nicht
in ein Irrenhaus stecken, bei allem, was Du durchgemacht hast."
„Die können, und sie werden es noch als einen Akt barmherzi-
ger Hilfe verstehen, wenn sie meine jetzige Persönlichkeit zerstören. Ich bin durch meine Vergangenheit hier so gefährlich
wie ein wildes Tier für sie."
Silmarien schob den jungen Mann zurück und sah ihm in die
tränenfeuchten Augen.
„Du bist wie eine zweite Mutter für mich. Sag, wie ich Dir helfen kann", erwiderte er entschlossen ihren Blick.
„Das machst Du doch schon die ganze Zeit", antwortete Silmarien sanft. „Und wilde Tiere lassen sich nicht so einfach fangen.
Ich lasse mir mein Leben mit euch nicht einfach so wegneh-
men."

Die Elbin erlebte das Gespräch mit Kato noch einmal sehr in-
tensiv in ihrer Erinnerung, während sie wartete, dass die gewaltige Masse von Amorphe am Horizont aufging und mit der
Strahlung seiner ausgedehnten Magnetosphäre die möglicherweise vom Himmel her beobachtenden Satelliten endlich aus-
schaltete. Dann würde es auch wärmer werden, denn der Gas-
riese strahlte erhebliche Mengen an Wärme aus, die das ersetz-
ten, wofür die Sonne des Eldora-Systems zu weit entfernt war.
Manchmal in der Nacht, wenn der große Planet hoch am Himmel stand, konnte man zwischen seinen langen Wolkenbändern

an einigen Stellen das stumpfrote Glühen seines noch immer heißen Inneren erkennen.

Die Gedanken krochen weiter. All die Wochen auf Finna hatten Silmarien nicht zu der Erkenntnis gebracht, für die es hier nur einen einzigen Tag gebraucht hatte. Und die war erstaunlich einfach: sie liebte ihren Beruf. Die Herausforderung, noch unter den widrigsten Umständen ein kleines Ziel in aberwitzigen Entfernungen zu treffen, war das, was sie am besten konnte und das, was ihr die meiste Befriedigung verschaffte. Noch etwas weiter, noch etwas kleiner. Die Grenze des Möglichen immer noch ein kleines Stück weiter nach vorne verschieben. Es war der Weg zur absoluten Perfektion, die in letzter Konsequenz innerhalb eines Lebens doch nicht erreicht werden konnte. Aber es war ihr persönlicher Weg. Es war ganz einfach das, was sie tun wollte.

Endlich erschien im Westen eine langgezogene flache Beule im Horizont. Amorphe ging schließlich auf.

Der riesige Planet hatte seine gestreifte Fläche noch nicht vollständig über den Horizont erhoben, als Silmarien schon hinter ihrem Blaster lag und eine entfernte Hügelkette anvisierte. Sie hatte begonnen, ihren eigenen Entfernungsrekord zu verbessern und vor zwei Tagen 15 Kilometer geschafft. Heute wollte sie 17 Kilometer versuchen. Das Ziel, ein zwei Meter großer Felsen auf der Hügelkette, war durch die staubige Luft nur schwer zu sehen.

17000 Meter war das Maximum dessen, was mit den Übungsgeschossen, die ihr zur Verfügung standen, möglich war. In dieser Entfernung wurde das Geschoß langsamer als der Schall, und selbst bei der niedrigen Schwerkraft von Ikarus mußte man noch ziemlich hoch zielen. Dazu kam, dass der Wind in den hohen Luftschichten sehr unstet war, vermutlich, weil Amorphe noch nicht voll aufgegangen war. Eine Übung in Geduld für die Elbin. Mit einem Alarcanar, dem unterkalibrigen Pfeilgeschoß der Elben, wäre die Reichweite größer und ein Schuß einfacher. Leider besaß sie keinen.

Das Warten auf die richtige Gelegenheit gehörte bei so weiten Schüssen dazu. Es beruhigte den Geist, hatte die Frau in mehr als einer realen Situation gelernt. Füge Dich in das Unvermeidliche und warte auf den Moment, an dem Du etwas ausrichten kannst. Und trauere nicht Dingen nach, die unerreichbar sind, denn damit wirst Du gar nichts ausrichten können.

Unvermeidlich war wohl, früher oder später Arwen zu begegnen. Sie fragte sich, wie ihre Verwandte wohl reagierte, wenn die Nichte nicht gehorsam, so wie ein Elbenkind es zu sein hatte, folgte. Denn das hatte Silmarien nicht vor. Normalerweise waren elbische Eltern den Sprößlingen des Clans gegenüber eher autoritär. Oh, Elben liebten ihre Kinder wie alle Wesen, aber es gab bei ihnen so wenige davon, dass man sie sehr behütete und ihnen nicht viel Raum ließ, aus Fehlern zu lernen.

Silmarien beobachtete den tanzenden Zielpunkt in dem elektronischen Visier, der zitterte und mit dem Wind tanzte. Der auffrischende Wind wirbelte auch am Boden immer mehr Staub auf, was den Zielfelsen undeutlicher werden ließ. Gab es heute keine Möglichkeit?

Was kann ich erwidern, dachte sie, wenn sie befiehlt, „Komm her und ergib Dich!"

Etwas veränderte sich in dem auffrischenden Wind. Der Staub wurde in Schwaden geweht. Manchmal, zwischen den Staubwolken, gab es Phasen mit fast klarer Luft, in der das Ziel ganz deutlich in der Ferne zu sehen war.

Ich muß nicht gehorchen, dachte die Elbin. Wir sind hier nicht auf einer unserer Welten. Das hier ist das Imperium. Und was noch mehr zählt, ich habe diesen blöden Paß, der mich ins Gefängnis gebracht hat, der mich aber auch zu einer Bürgerin macht. Ich muß einer dahergelaufenen Außenweltlerin nirgendwohin folgen.

Der Wind wurde stetig und die klaren Momente zwischen den Staubschwaden häufiger. Sie aktivierte die manuelle Kontrolle und nahm den Felsen aufs Korn.

*Trau Dich doch, Tante,* dachte sie trotzig, ehe sie abdrückte. Der Schuß verfehlte den Felsen um fast einen Meter. *Leg Deine Schlinge doch aus, mal sehen ob Du mich damit fängst. Und finden mußt Du mich auch erst mal.*

# Unterwegs

„Kann ich den Koffer mal sehen? Ja, Du da mit dem Koffer!"
Der Beamte im Raumflughafen zeigte mit dem Finger auf jemand in der Menge der Ankömmlinge.

Die angesprochene Person, eine gebeugte Gestalt in einem weiten grauen Kapuzenumhang wie viele der Wanderarbeiter, die durch die Einreisekontrolle am Raumhafen Nova Cetium Central wimmelten, blieb stehen. Langsam wandte sie sich zu dem Beamten um, ihr Gesicht war jedoch nicht zu erkennen.

„Ja, Herr?" Die Stimme war die einer Frau.

„Ich muß den Koffer kontrollieren. Komm her zum Thresen."

„Ja, Herr." Die Gestalt schlurfte mit ihrem offenbar schweren Gepäckstück heran und wuchtete ihn auf den Tisch.

„Paß?" Die Stimme des Mannes fragte knapp, aber nicht übertrieben unfreundlich.

„Ja, Herr." Ihre Stimme war leise. Umständlich suchte sie die Chipkarte aus einer der vielen Taschen des verschlissen wirkenden Umhanges heraus. Das Hologramm erschien, mit den Registrierdaten und einem Bild.

„Selena Urkan," stellte er fest und schob die Kapuze zurück, damit er ihr Gesicht besser sehen konnte.

Die Frau war noch jung und sehr mager. Sie sah nicht sehr gesund aus, die Ringe unter den Augen verrieten, dass sie zuwenig schlief. Eine grobe Wollmütze trug sie tief ins Gesicht gezogen. *Armes Ding*, dachte er, o*b sie ein Leben als Habenichts verdient hat?*

Ein besser informierter Beobachter der Szene hätte vielleicht in diesem Moment unter der Maskerade Silmarien erkannt, denn niemand anders war es. Der Beamte kannte sie jedoch nicht.

Etwas sanfter sagte er: „Kannst Du den Koffer bitte öffnen?"

Die Frau gehorchte wortlos und begann, an den Verschlüssen herumzunesteln. Schließlich zog sie an einem Zipstreifen, und der Inhalt kam zum Vorschein. Der Mann sah ein Brecheisen, eine Zange, Schraubenschlüssel, ein Rohrstück. Nichts Besonderes. Auf manchen Welten bekamen Wanderarbeiter eben schneller einen Job, wenn sie ihr eigenes Werkzeug mitbrachten.

„Gut, kannst wieder zumachen. Zweck der Einreise ist dann ja auch klar...“

Er wedelte sie mit einer Handbewegung fort.

Silmarien war zufrieden. Wieder einmal hatte ihr kleiner Trick gut funktioniert. Sie war inzwischen sehr geübt darin, die Holoschminke, die die meisten menschlichen Frauen benutzten, zu hacken und für ihre Zwecke umzuprogrammieren. Nicht nur, um ihr eigenes Aussehen zu verändern (das war zu leicht), sondern auch, um bei einer Kontrolle ihre zerlegte Waffe (denn nichts anderes befand sich im Koffer) zu verschleiern.

Der Koffer war sogar doppelt abgesichert. Ein zweiter Satz Holoschminke im Boden erzeugte Röntgenbilder, falls jemand so diensteifrig wäre, den Koffer auch noch durchleuchten zu wollen. Der Drachenspeer war ein zu seltenes Einzelstück, um einen Verlust durch eine einfache Kontrolle bei der Einreise zu riskieren.

Die Elbin zog die Kapuze wieder tief über ihren Kopf und wanderte mit dem Strom der anderen ankommenden Arbeiter in Richtung des Transportterminals. Der erste Weg auf einer neuen Konzernwelt führte immer in Richtung der Sammelunterkünfte im Stadtzentrum. Wer zum Arbeiten hierherkam, hatte in der Regel seine Ersparnisse für den Flug ausgegeben und besaß nur noch wenig mehr als das, was er am Körper trug. Sie wollte nicht auffallen und tat es genauso.

Fast bedauerte sie, keinen wirklichen Auftrag auf dieser Welt zu haben. Sie unternahm diese Reise, um die Tarnung aufrechtzuerhalten, und als Training. Nova Cetium besaß zwar ein wunderschönes Denkmal der Ersten Landung, und Silmarien hätte der Figur an der Spitze aus ein paar Kilometern Entfernung zu gern die goldene Kugel aus der erhobenen Hand geschossen, aber sie durfte solche Streiche nicht riskieren. Sie würde ungesehen auf nächtliche Erkundung ausgehen, ein geeignetes verlassenes Plätzchen für einen Schuß aussuchen und zu gegebener Zeit auch ihre Waffe dort aufbauen, vielleicht auch ein paar Zielübungen machen, nur schießen würde sie nicht. Es war nur Training. Kein Auftrag. Ein anderer wichtiger Grund für diese Art Reisen war es, über die große Szene der Wanderarbeiter auf dem Laufenden zu bleiben. Neue Trends breiteten sich manchmal schnell aus. Das konnte innerhalb von Monaten geschehen, denn die Massen der Arbeiter wechselten häufig die Arbeitsorte in der ganzen von Menschen besiedelten Galaxis. Silmarien mußte ständig mitbekommen, was gerade „in" war, um ihre Tarnung bei einem echten Auftrag nicht zu gefährden.

Sie stellte sich an einer der Schlangen vor den Schleusen an, ließ von ihrem falschen Paßchip den Betrag abbuchen und und quetschte sich dann mit vielen anderen in einen der großen Wagen der Röhrenbahn.
Das Gedränge war unbeschreiblich, und der Geruch der vielen Körper, die nicht alle der gleichen Hygiene unterzogen wurden, im wahrsten Sinne des Wortes atemberaubend. Die Elbin mußte acht geben, nicht zu lachen, als sie wieder einmal an ihre Nachbarinnen zuhause auf Eldora denken mußte, die in so einer Situation wahrscheinlich nie in ihrem Leben sein würden. Aber wie viele andere Menschen waren es, Tag für Tag?

Der Gedanke an ihr fernes Haus erinnerte sie daran, wieviel Zeit sie durch ihre lange Abwesenheit verloren hatte. Dennoch, sie nahm ihr Training erst jetzt wieder auf, nachdem die Paarungszeit vorbei war. In den Sammelunterkünften, wo eines der vergitterten Betten nur einen Credit pro Nacht kostete, war es unvermeidlich, in den Duschen jemand anders nackt zu begegnen. Die Veränderungen der elbischen Paarungszeit wären deutlich sichtbar und würden sie noch mehr auffallen lassen als so schon.

Ein antiker Dichter von Terra hatte einmal das Organ der menschlichen Frauen mit einer Pfirsichblüte verglichen. Wenn diese Metapher zutraf, dann war das Gegenstück bei einer Elbin der komplizierte Bestäubungsapparat einer tropischen Orchidee, die überdies außerhalb der Paarungszeit eine fest verschlossene Knospe war. Trotzdem, die Menschenmännchen hörten nicht auf, von der Romanze mit einer Elbin zu träumen, obwohl das rein mechanisch vollkommen ausgeschlossen war. Schlüssel und Schloß paßten absolut nicht zueinander, nicht einmal die Anzahl der Schlüssel, von der Inkompatibilität der Gene einmal völlig abgesehen.

Darüber hinaus gab es noch etwas anderes. Elben und Menschen stammten zwar beide von den Säugetieren ab, die Elben jedoch von der sehr alten Unterart der Kloakentiere. Diese säugten zwar ihre Jungen, legten aber nicht nur wie ihre sauroiden Vorfahren noch Eier (was bei den Elben nicht mehr der Fall war, die Schale löste sich im Körper der Mutter kurz vor der Geburt auf), sondern besaßen für sämtliche Produkte des Körpers auch nur eine einzige Öffnung. Menschen fanden diesen Gedanken überaus abstoßend, wenn sie das kleine Detail herausfanden. Was Silmarien im Gefängnis einige der schlimmsten Erniedrigungen sexueller Art durch ihre Mithäftlinge erspart hatte, leider aber nicht alle.

Sie verdrängte die unangenehmen Erinnerungen schnell. Der Gestank der ungewaschenen Körper um sie herum war weitaus weniger schlimm.

*

„Huhu! Sil! Hier drüben!"

Es war wieder einmal eine der unvermeidlichen Grillparties in der feinen weißgestrichenen Vorstadtsiedlung mit den gepflegten Moos- und Farnbaumgärten, und Silmarien, seit einer Woche zurück, wieder ganz die adrette Mittelstandsbürgerin im gepflegten Outfit.

„Wir haben einen neuen Nachbarn", sagte Vera. Die ältere Frau stand neben einem jüngeren Mann, der ihr Sohn hätte sein können.

„Tag." Die Elbin steckte ihm wohlerzogen die Hand entgegen. „Ich bin Silmarien, aus dem Haus gegenüber."

„Ähm," sagte der Mann und glotzte sie entgeistert an. „Sie sind ja..."

„Ja, bin ich", erwiderte sie keck, „aber ansonsten bin ich wie alle hier. Herzlich willkommen in unserem Viertel."

Er taumelte leicht, wahrscheinlich hatte Vera ihn heimlich angestoßen.

„Ja, ähm, ich bin Simon", erwiderte er noch immer unsicher und nahm ihre Hand, als sei sie radioaktiv verseucht. „Von der 47, drüben auf der anderen Seite. Gerade erst hierher gezogen, ich bin eigentlich noch am Auspacken."

„Fein."

Er ließ sie eilig los und lachte nervös.

Ehe eine unangenehme Pause entstehen konnte rettete Vera die Situation. „Simon macht beruflich auch etwas mit Feinoptik, oder wie das heißt", erzählte sie, „ich dachte, das könnte Dich interessieren, Sil. Du machst doch auch so etwas."

„Ich mache Nanomontagen. Das hat mit Optik nicht so viel zu tun, Vera. Auch wenn das Werkzeug Rastertunnelmikroskop heißt."

„Was sind Nanomontagen?" Der Neuankömmling entspannte sich jetzt etwas.

„Siehst Du." Silmarien schickte der älteren Frau einen strafenden Blick. „Von wegen ich mache sowas."

„Ach Sil, Du weißt doch, ich und Technik… ich sehe mal nach den Getränken. Bis später."

„Und schon ist sie weg." Die Elbin sah ihr hinterher.

„Nanomontagen?" Simon schien jetzt seine anfängliche Unsicherheit zu verlieren.

„Ja, ich mache Molekülprototypen für kleinere Firmen, drüben im Vegas- und im Cetischen Sektor", erklärte die Gefragte. „Viele der kleineren Firmen können sich eine richtige Prozeßanlage mit einer KI drin nicht leisten. Die sind unglaublich teuer, obwohl sie natürlich perfekt arbeiten. Und man kann sie nicht so leicht transportieren, bei Auftragsarbeiten."

Silmarien sprach jetzt mit einer kühl-sachlichen Stimme, so als sei sie auf einem Meeting mit Firmenvertretern.

„Einige wenige Spezialisten haben die nötigen Fähigkeiten, das auch manuell zu machen", erklärte sie, „es ist extrem kniffelig, ein Replikatormolekül zum ersten Mal zusammenzusetzen, nur mit den Rastertunnelnadeln. Man muß sehr geschickt dafür sein. Als ich hierherkam, sagte man mir, dass ich die entsprechende Begabung dafür hätte. Elben gelten als überaus feinmotorisch veranlagt, also habe ich die Ausbildung gemacht und arbeite jetzt als Kontraktorin in der Sparte."

„Ein einziges Molekül nur?" staunte der Mann. „Das gibt doch nichts."

„Die Hersteller von Nanomaschinen beginnen alle mit einem einzigen Molekül, das sich dann in einer Lösung selbst vervielfältigt. Silmarien sah ihn an wie eine Lehrerin einen Schuljungen.

„Nach ein paar Stunden sind Millionen Exemplare vorhanden, und dann wird das Replikationsprogramm verändert. Das alles ist sehr komplex. Etwa so wie in den Zellen von Lebewesen. Die Planung des Moleküls dauert Monate. Ich setze nur den Prototypen zusammen."

„Also fast so etwas wie künstliche Wesen", erwiderte er.

„Zellorganellen sind natürliche Nanomaschinen", sagte die Elbin. „Es gibt eine Ebene, auf der sich lebende Wesen und Maschinenwesen nicht mehr unterscheiden."

„Was für ein Gedanke." Simon schien abgestoßen. „Maschinen sind Maschinen und Menschen sind… oh, Entschuldigung."

„Macht  nichts." Silmarien lächelte wie bei einem abgedroschenen Witz, den sie schon hundertmal gehört hatte.

„Ich finde nur, es sollte eine Grenze geben zwischen … ähm, Lebewesen wie uns und künstlichen Geschöpfen", sagte der Mensch.

„Ich sehe bei meiner Arbeit Moleküle, die sich selbst kopieren. Wenn man mir ein unbekanntes Molekül mit dieser Eigenschaft vorsetzen würde, könnte ich nicht sagen, ob es künstlich oder natürlich entstanden ist. Es wäre ein Molekül, aneinanderhängende Atome. Und die tragen keinen Herstelleraufdruck," antwortete die Elbin.

„Glaubenssache." Der Mann schmunzelte.

„Ja, das ist es wohl." Silmarien musterte ihn. „Und darüber ist Streiten sinnlos."

Mit einem Schulterzucken wandle sie sich ab.

Während sie Marie und ihrer Freundin im Vorbeigehen freundlich zunickte, dachte sie an Kato, ihren Agenten, der für alle diese Aufträge sorgte. Zwei Drittel ihrer „Geschäftsreisen" waren echt, also Nanomontagen, vom Rest waren vier von fünf Reisen nur Training. Nur eine war ein echter Auftrag, der ihr allerdings inzwischen jedes Mal ein kleines Vermögen einbrachte. Die Hydra hatte jetzt einen bestimmten Ruf, und sie nahm auch von denen, die sie bezahlen konnten, längst nicht jeden Auftrag an. Wäre nicht der Nervenkitzel, bei der nächsten noch kniffeligeren Situation (die nahm sie allerdings als Auftrag an) trotzdem wieder zu treffen, hätte sie sich schon lange zur Ruhe setzen können.

Sie hatte Nanomontage wirklich gelernt, im Rehabilitationsprogramm nach ihrer Freilassung aus der Haft. Und nutzte es jetzt als Tarnberuf, damit sie ein Doppelleben als Hydra führen konnte.

## Jäger

Liquidator Johansen genoß zuweilen die kleinen Privilegien, die sein Rang in der imperialen Exekutive einbrachte. In diesem Fall war es ganz konkret ein geräumiges luxuriöses Hotelzimmer mit einem atemberaubenden Ausblick auf die Lichter der Stadt auf dieser Sektorhauptwelt. Nicht, dass er dem Lichterglanz lange Aufmerksamkeit zu schenken gedachte – er war zu einer lange geplanten Analyse seiner Ermittlungsergebnisse hier, für die er den im Raum bereitstehenden großen Holoprojektor benutzen wollte. Normalerweise bevorzugte Johansen einfachere Arbeitsräume. Ohnehin war an Bord eines Raumschiffes nicht übermäßig viel Platz, und er versuchte, die Schiffsoffiziere nicht über Gebühr zu verärgern, indem er den größten Wohnraum für sich beanspruchte. Es gab Liquidatoren, die die Befugnisse ihres Amtes voll ausspielten, indem sie mit ihrem Ausweisholo in eine Marinebasis spazierten und barsch das größte ihnen zustehende Schiff verlangten. Aber so etwas war nicht klug. Man reiste wochen-, vielleicht monatelang mit der Besatzung durch die Galaxis, deren schroffe Ablehnung auf die Dauer zu einem echten Problem werden konnte. Selbst ein Liquidator brauchte manchmal ein paar Sozialkontakte.

Deshalb stellte Johansen in der Regel auf dem normalen Dienstweg einen förmlichen Antrag bei der Flottenleitung, und er bevorzugte für seine Aufträge auch Schiffe mittlerer Größe. Groß genug, um aufsässigen Kolonialregierungen Respekt einzuflößen, aber klein genug, um die Besatzung, die von ihrem gewohnten Dienstplan abweichen mußte, nicht zu verärgern. Auf kleineren Schiffen waren die Mannschaften manchmal froh, ihrem öden Routinedienst zeitweilig zu entkommen und Sternsysteme zu besuchen, die sie sonst nie gesehen hätten.

Die kleinen Raumschiffkabinen, nicht viel geräumiger als das Shuttle, das er für Planetenlandungen benutzte, waren allerdings beide nicht voluminös genug, um die raumfüllenden Projektionen eines ersten Profilings im Fall Hydra aufnehmen zu können. Deshalb hatte Johansen in diesem Fall seinen Anspruch auf eines der luxuriöseren Hotelzimmer in der Stadt geltend gemacht.

Er dunkelte den Raum ab und schaltete den Holoprojektor ein. Mit dem Datenkern auf seinem Shuttle, das selbstverständlich im Raumhafen stand, verband ihn bereits eine abgesicherte Leitung. Die Datensätze der Anschläge wurden schon heruntergeladen.

Mit der Routine des erfahrenen Ermittlers projizierte der Liquidator zunächst eine Karte der lokalen Sektoren der Galaxie in den Raum. Alle enthielten Sternsysteme, die er in den vergangenen Wochen und Monaten besucht hatte, weil auf ihnen Anschläge oder ungewöhnliche Beobachtungen vorgefallen waren.

Er verkleinerte die ursprüngliche Darstellung noch etwas, um auch angrenzende Sektoren mit zu erfassen.

„Primäre Anschlagsziele." Er sprach leise, da das Hotelzimmer gut isoliert war und das in einiger Entfernung befindliche Terminal ihn gut hören konnte.

Um ihn herum wurden eine ganze Reihe Sternsysteme weiß hevorgehoben.

Johansen war jetzt ganz konzentriert. Es kam nun darauf an, sich in den Täter hineinzuversetzen. Was waren seine Jagdgründe? Von wo aus operierte er? Wo war er hergekommen, und am wichtigsten, wo versteckte er sich zwischen seinen Anschlägen? Der Mann ging durch das von Sternpunkten erfüllte Zimmer. Er hatte bereits zuvor alle der bequemen Möbel zur Seite gerückt, um nicht bei seinen Betrachtungen von ihnen behindert zu werden. Er wollte die Daten dreidimensional sehen.

Er beobachtete die weiße Punktwolke von mehreren Seiten, doch sie ergab kein einheitliches Bild.

„Wahrscheinliche Anschläge", ordnete er an. Zwischen und neben den weißen Punkten erschienen gelbe Punkte.

Das sah doch schon besser aus…

„Ungeklärte Vorkommnisse, mit offenen Symbolen." Das Terminal reagierte sofort, und hellblaue Kreise erschien in großer Zahl im Zimmer.

Der Liquidator pfiff durch die Zähne. Er ging hin und her, um die Punktwolke aus mehreren Perspektiven zu betrachten. Ja, jetzt ergab es Sinn. Die Punkte begannen einen kugelförmigen Raum einzunehmen, in etwa jedenfalls. So war es immer.

„Na, wo hast Du denn Deinen Ansitz", murmelte er vergnügt vor sich hin. Zum Terminal hin gab er die Anweisung: „Schwerpunkt der Verteilung, mit Neunzig-Prozent-Intervall einblenden."

Ein goldgelb schraffierter Bereich erschien, im Zentrum des Neu-Vegas 7 Sektors.

„Neu Vegas, sieh an. Hätte ich mir ja denken können. Die perfekte Operationsbasis." Johansen war jetzt so sehr in seine Arbeit vertieft, dass man fast erwartete, ihn fröhlich pfeifen zu sehen. Aber er blieb stumm, forderte nur von dem wartenden Terminal: „Sonstige Vorkommnisse, kleiner Akzent."

Innerhalb der Punktwolke erschienen neben manchen der Punkte kleine blaue Quadrate. Merkwürdig, keine Einzelvorkommnisse? Das mußte er sich später genauer ansehen.

Zunächst aber wandte er sich dem golden markierten Schwerpunkt in der raumfüllenden Darstellung zu. Er ging mitten hinein in das Hologramm, hockte sich hin, um seinen Kopf an die Position des Systems Neu Vegas 7 zu bringen, im Zentrum der Kugelwolke aus Punkten. Sie umgaben ihn gleichmäßig leuchtend…

Oder doch nicht? Er wandte den Kopf hierhin und dahin, peilte alle Richtungen an. Natürlich nicht. In einer Richtung gab es eine Lücke ohne Punkte. Johansen lächelte breit.

„Da hast Du also Deinen Bau", sagte er zufrieden zu sich selbst. Er stand auf, um in der Kartenprojektion nachzusehen, was in dieser Richtung lag.

Eldora. Eine Autonome Region im Imperium.

Wie schlau. Die Hydra war wirklich gerissen, aber er hatte sie trotzdem entdeckt. Autonome Regionen pochten sehr auf ihre Unabhängigkeit in inneren Angelegenheiten, und innerhalb von ihnen waren die meisten Vollmachten eines Liquidators nichts mehr wert. Was dem Fuchs, in diesem Fall der Hydra, zusätzlichen Schutz gegen Strafverfolgung seitens imperialer Behörden verlieh.

Gab es irgendwelche Vorkommnisse in eldoranischen Gebiet? Fehlanzeige. Kein einziges. Es paßte alles zusammen.

„Ein Fuchs scheißt nicht vor seinen eigenen Bau", hatten die alten Leute in seiner Heimat damals gesagt. Als Junge hatte er auf seiner Heimatwelt, einem der zahlreichen Farmplaneten im galaktischen Kern, ihren Jagdgeschichten zugehört, wenn er in den Ferien bei den Großeltern war und sie abends im Garten unter dem sternreichen Himmel saßen und erzählten.

Die meiste Zeit seines Lebens hatte er in den Metropolen von Core-8 verbracht, doch er hatte immer davon geträumt, ein Jäger zu sein. Nachdem er in den Dienst der planetaren Sicherheitskräfte eingetreten war, stellte er sich oft vor, er verfolgte ein Tier durch den Wald, wenn er Gesetzlosen auf den Fersen war. Und er versuchte die Jägerweisheiten der alten Leute aus seiner Kindheit zu beherzigen.

Johansen atmete tief durch und setzte sich in einen der an der Wand stehenden Sessel. Es ergab Sinn. Das Versteck der Hydra befand sich gut geschützt im Gebiet von Eldora, von wo es gute Verkehrsverbindungen hinüber nach Neu Vegas 7 gab. Letzteres war die Operationsbasis. Eine gute Wahl, denn Vegas war ein berüchtigtes Glücksspielparadies, das fest in der Hand des Syndikates, einer lokalen Verbrecherorganisation, war. Gerüchten zufolge war der Gouverneur von Vegas sogar der Monsignore, wie das Oberhaupt des Syndikats genannt wurde. Die planetare Sicherheit arbeitete für ihn und damit für das Syndikat. Kriminelle hatten es damit leicht auf dieser Welt. Ein paar

Prozente für die „Familie", und es gab keine Probleme mehr mit dem Gesetz.

Es gab ungezählte Möglichkeiten, unterzutauchen, Waffen und Dienstleistungen aller Art zu bekommen, und Kundschaft für einen Sniper würde sich hier auch schnell einstellen. Und es gab mehrere Raumhäfen mit ungezählten Verbindungen in mindestens ein Dutzend verschiedene Nachbarsektoren.

„Ich hab' Dich, Hydra," flüsterte der Liquidator zufrieden und grinste breit.

Erst später analysierte er die merkwürdigen blauen Quadratsymbole in der Grafik und bemerkte, dass sich noch jemand anderes für die Orte interessierte, an denen die Hydra aktiv geworden war.

Wer immer es war, er würde den Tag noch verfluchen, an dem er versucht hatte, Johansen in die Quere zu kommen.

*

Tausend Lichtjahre entfernt saß Arwen wesentlich beengter vor einer ganz ähnlichen Grafik, die Val in dem kleinen Cockpit der Alquanen für sie projizierte. Dieses Hologramm enthielt allerdings noch andere Punkte, die mit Informationen ganz anderer Art verknüpft waren und einen chronologischen Zusammenhang herstellten.

„Die ersten belastbaren Indizien ergeben sich also auf der Welt Condorum," sinnierte die Elbin vor sich hin. „Wo immer sich das Kind herumgetrieben hat, es muß unter schlechten Einfluß geraten sein. Condorum ist und war eine Welt voller Abschaum."

„Viele Menschen, die von der benachbarten Gefängniswelt kommen, bleiben dort." Val registrierte den Fakt ohne Emotion.

„Ach." Arwen schüttelte betrübt den Kopf. „Wie es scheint, hat sie dort eine Weile gelebt und eine Art Ausbildung gemacht."

Sie machte ein fast ekelerregtes Gesicht. Hier, nur in Gegenwart der AKI, mußte sie sich nicht beherrschen. „Wenn ich mir vorstelle, eine unhygienische Schule voller dreckigem Affen-Abschaum, und irgendwelcher niveauloser unnützer Kram wird in ihren Kopf gestopft...“

„Danach lebte sie eine Weile dort, unter sehr ärmlichen Verhältnissen. Es gibt Dateneinträge, nach denen sie Schulden hatte“, setzte Val die Auflistung kühl fort. „Dann plötzlich die offizielle Registrierung einer Waffe auf ihren Namen. Ganz legal.“

„Große Götter, eine Waffe. Auch das noch. Woher hatte sie das Geld dafür?“, fragte Arwen. „Man bekommt hier nichts ohne Geld. Sind das die Schulden?“

„Die hatte sie vorher schon.“

Ein Moment der Stille entstand, ehe Val fortsetzte:

„Hier ist noch was... alte Dateneinträge über den Kauf seltsamer Substanzen. Echtmetalle und dergleichen. Chemikalien. Was sie wohl damit wollte?“

„Hat sie Visa für Reisen beantragt?“, fragte die Elbin.

„Keine registriert. Was nicht heißen muß, dass sie nicht unterwegs war.“ Das holografische Avatar sah zu Arwen hinüber. „Und das war's auf dieser Welt.“

„Was kommt als nächstes?“

„Sie wird plötzlich auf dieser Glücksspielwelt gesehen. Wohlhabend. Ist oft geschäftlich in den umliegenden Sektoren unterwegs, in denen sich ganz zufällig Anschläge häufen, die nur mit einem eurer Drachenspeere begangen worden sein können. Ihre Spur verliert sich in dieser halb-unabhängigen Republik, die Eldora heißt. Von dort bekommt man keine Daten über innere Angelegenheiten.“

„Also werden wir uns in der Nähe dieses Piratennestes Vegas auf die Lauer legen“, entschied die Elbin. „Wir müssen das Mädchen retten. Sie hat wahnsinnig schlechten Einfluß durch diese furchtbaren Menschen gehabt und ist möglicherweise auf die schiefe Bahn geraten. Hoffentlich hat sie nicht zuviele Gewalttaten verübt.“

„Das sieht aber schon so aus", bemerkte Val. „Wofür besaß sie sonst eine Waffe?"

„Was wäre denn in dem Fall?", setze sie nach einer kurzen Pause hinzu.

„Rekonditionierung", bemerkte Arwen kalt.

„Bedeutet was?" Die Autonome Künstliche Intelligenz, die das Schiff kontrollierte und über ein Hologrammavatar mit der Elbin sprach, ließ nicht locker.

„Es bedeutet, wir müssen diesen Teil ihrer Erinnerungen löschen lassen, damit sie wieder ein normales Leben führen kann. Sie ist ein Kind."

„Löschen, mit ihrem Einverständnis, nehme ich an? Falls sie darunter leidet?" Die AKI fühlte sich offenbar unwohl bei dem Gedanken an gelöschte Erinnerungen und bohrte weiter.

„Natürlich nicht. Sie ist ein Kind und kann das gar nicht beurteilen. Ein Psychokybernetiker wird sie untersuchen, und dann wird der Clanrat die Entscheidung darüber treffen."

„Ach so ist das." Val erwiderte es sehr knapp. Wäre Arwen nicht so mit Gedanken an ihre arme, vermeintlich fehlgeleitete kleine Nichte beschäftigt gewesen, hätte sie gemerkt, dass ihre Antwort eine ziemliche Verstimmung hinterlassen hatte.

An diesem Abend verschwand Vals Hologramm früher als gewöhnlich.

## Neue Heimat

Auf einer entwickelten Welt wie Eldora war es ungewöhnlich, dass Briefe und Nachrichten nicht in elektronischer Form zugestellt wurden. Deswegen war Silmarien sehr überrascht, als unter den Paketen der täglichen Warenlieferung auch ein einfacher weißer Papierumschlag war.

Sie quittierte der Lieferdrohne die Sendungen mit einem Daumenabdruck und schloß die Tür. Draußen verriet das leiser werdende Schwirren der Rotoren, dass die Drohne schon mit dem nächsten Lieferauftrag beschäftigt war.

Die Elbin fragte sich, wieso ihr jemand einen zugeklebten Umschlag aus Papier schickte. Außer ihrer Adresse war nichts weiter auf das Äußere aufgedruckt. Bedeutete das Gebilde eine Gefahr?

In jedem modernen Haus gab es einen einfachen Scanner für gefährliche Substanzen. Er zeigte nichts an, als Silmarien den Umschlag darunter hielt. Zögerlich öffnete sie ihn und zog ein einfaches bedrucktes Blatt Papier heraus.

Ein ausgedrucktes Schreiben vom Amt für Wirtschaftsinformation. Sehr geehrte Frau Nenner, bla bla bla, bitten um ein paar Angaben zur Abstimmung der Information über Ihre freiberufliche Tätigkeit. Ein Termin war angegeben, mit der halbwegs höflich formulierten Anweisung, sich gefälligst persönlich einzufinden. Das Schreiben war also eine Vorladung.

*Was wollen die denn jetzt von mir*, dachte die Frau, während sie langsam in ihr Wohnzimmer zurückging. *Um Steuersachen kümmert sich doch Kato. Ich mußte in all den Jahren noch nie persönlich bei irgend einem Amt erscheinen.*

Sie beschloß, sowohl bei ihrem Agenten als auch bei ihrem Finanzberater nachzufragen, was das bedeuten konnte, und nahm ihr Mobil in die Hand.

Zwei Wochen später, in einem der äußeren Geschäftsbezirke von Eldora City in einem nichtssagenden Gebäude, klopfte die Elbin im richtigen Stockwerk an die richtige Tür und wurde eingelassen. In dem Büro saß hinter einem Schreibtisch ein älterer Mensch mit vollem grauem Haar.

„Ah, Frau Nenner, nehme ich an." Er beeilte sich aufzustehen und ihr zur Begrüßung die Hand zu reichen.

„Mein Name ist Ramar Muller. Freut mich, dass Sie gekommen sind. Bitte nehmen Sie doch Platz." Seine Hand wies auf eine Sitzgelegenheit für Besucher vor dem Schreibtisch.

Silmarien beschloß, zunächst abzuwarten, was man von ihr verlangte.

Der Beamte stellte eine Menge von Routinefragen zu ihrer Person. Als Inhaberin eines Imperialen Passes brauchte sie für Eldora kein Visum. Sie beantwortete Fragen zu ihrer beruflichen Tätigkeit, zu ihren Reisen in diesem Zusammenhang, zu ihren Reiserouten über Neu Vegas.

Er stellte Fragen zu ihrer Vergangenheit. Tatsächlich mußte sie sogar Auskunft zu ihrer Gefängnisstrafe und der anschließenden Rehabilitation geben. Hin und wieder gab der Mann Ergänzungen in ein Holoterminal auf seinem Schreibtisch ein.

Auch zu einigen ihrer gegenwärtigen privaten Reisen – zum Beispiel nach Finna - mußte sie Antworten geben.

Erst dann stellte der Beamte Muller eine Frage, die die Elbin innerlich zusammenzucken ließ.

„Besitzen Sie eine Waffe?"

Silmarien war froh über ihre Selbstbeherrschung, die ihren kühl-neutral freundlichen Gesichtsausdruck nicht einmal für einen Sekundenbruchteil entgleisen ließ. Blitzschnell beschloß sie, soweit es ging, bei der Wahrheit zu bleiben.

„Ich habe eine ausgemusterte Farshot von der Planetaren Sicherheit," antwortete sie wahrheitsgemäß, „ausgemustert, demilitarisiert, Z-gestempelt. Ich habe sogar eine Lizenz dafür. Alles ganz legal."

„Ja, natürlich", antwortete ihr Gegenüber und lächelte. „Und das ist wahrscheinlich auch der Grund für Ihre Ausflüge nach Ikarus."

„Ja, natürlich." Silmarien verspürte den dringenden Wunsch, den Grund für ihr Hiersein zu erfahren. Die Befragung nahm eine Wendung, die ihr nicht gefiel.

„Sagen Sie", fragte sie unverblümt, „was wollen Sie eigentlich von mir? All diese Dinge wissen Sie doch längst. Das meiste davon muß in meinen Steuererklärungen stehen, oder in den Dateien der Planetaren Sicherheitsbehörde. Was wollen Sie denn wirklich?"

Ramar Muller zog den Mund zusammen. „Sie sind scharfsinnig", erwiderte er. „Natürlich weiß ich alles das schon."

Er runzelte die Stirn, als habe er eine schwere Entscheidung zu treffen. Nach einer Weile sagte er: „Also gut. Ich will Ihnen reinen Wein einschenken."

Muller stand auf und dreht sich mit dem Gesicht zum Fenster, die Hände in den Hosentaschen. „Sie sind nicht die Einzige, die wir überprüfen. Wir haben ein Fahndungsprofil von den Imperialen Behörden bekommen. Es scheint, ein Liquidator ist auf dem Weg hierher, um in dem Fall eines Serienattentäters zu ermitteln."

Die Elbin hielt kurz die Luft an und unterdrückte den Impuls zu fliehen. Ruhig bleiben, dachte sie. Ich weiß von nichts, bin eine harmlose Bürgerin, die hier lebt. Kein Grund zur Sorge.

Als sie nicht antwortete, fragte der Beamte: „Haben Sie schon einmal den Namen ‚Hydra' gehört?"

„Nein", antwortete Silmarien. Ihr Magen wollte sich umdrehen, doch sie ließ sich nichts anmerken.

„Die ‚Hydra' ist jemand, der als Auftragsattentäter arbeitet. Keine Morde, nur Anschläge auf Industrieanlagen. Wir wissen nicht, wieviele insgesamt. Ich kann hier keine Einzelheiten weitergeben, nur soviel, dass die Hydra außerordentlich professionell arbeitet und über eine phänomenale Begabung als Sniper verfügt."

Er dreht sich ruckartig vom Fenster weg und sah der elbischen Frau direkt in die Augen.

Er weiß es, dachte sie. Er weiß es. Warum ruft er nicht die Sicherheitsbeamten herein und läßt mich festnehmen? Wenn sie mein Haus auseinandernehmen, finden sie auch den geheimen Keller im Fundament, und mir hilft alles Leugnen nicht mehr.

Muller machte eine Pause, ehe er leise hinzufügte: „Die Republik Eldora hätte Verwendung für jemand mit solch außergewöhnlichen Fähigkeiten."

Silmarien behielt sich eisern im Griff. Nur nicht die Beherrschung verlieren jetzt.

„Wieso sollte Eldora einen Verbrecher beschützen? Und was hat das überhaupt mit mir zu tun?" sagte sie beinahe barsch.

Der Beamte setzte sich wieder auf seinen Platz hinter dem Schreibtisch.

„Sehen Sie", erwiderte er, „ein Liquidator des Imperiums hat weitreichende Vollmachten. Auf gewöhnlichen Koloniewelten kann er sogar einfach so die planetare Regierung absetzen und für eine Weile selbst die Herrschaft übernehmen. Auf solchen Welten könnte Sie nichts vor dem Zugriff eines Liquidators schützen."

Eine Pause entstand, ehe er fortsetzte.

„Aber Eldora ist keine einfache Kolonie. Die Republik Eldora ist eine Autonome Region im Imperium. Und wir nehmen unsere Autonomie dabei sehr, sehr ernst. Wir regeln unsere inneren Angelegenheiten selbst, und das bedeutet, dass selbst die Befugnisse eines Liquidators hier Grenzen haben. Insbesondere haben wir das Recht, Eldoranische Bürger unter unsere eigene Jurisdiktion zu stellen. Einfache Bürger des Imperiums müßten wir hingegen aufgrund eines formalen Rechtshilfeersuchens ausliefern."

Der Beamte machte eine weitere Pause.

„Verstehen Sie, Silmarien…. wenn der Liquidator Sie für die Hydra hält – ich sage jetzt nicht, dass Sie es sind -, dann müßten wir Sie ausliefern. Wenn sie die eldoranische Staatsbürgerschaft hätten, könnten wir Sie in so einem Fall schützen. Sie leben schon so lange hier, arbeiten, haben ein Haus, zahlen Steuern. Sie haben sich innerhalb des Territoriums der Republik nie irgend etwas zuschulden kommen lassen. Ja, ich weiß auch das. Haben Sie gar nicht daran gedacht, sich einmal einbürgern zu lassen?"

„Ähm." Die Elbin schluckte. „Daran habe ich wirklich noch nicht gedacht."

„Ich habe ein Formular für einen Einbürgerungsantrag hier," erwiderte Muller. Er zog aus seinem Schreibtisch einen größeren weißen Papierumschlag, der offenbar mehrere Blätter enthielt. „Nehmen Sie ihn mit und denken Sie über mein Angebot nach."

*

Auf dem gesamten Heimweg, während Silmarien mit dem Umschlag auf dem Schoß im Robotaxi saß, versuchte sie sich zusammenzureimen, was da gerade passiert war. Fest stand, dass neben einem imperialen Liquidator und ihrer wildgewordenen Tante Arwen nun auch noch ein obskures Amt von Eldora hinter ihr her war. Der Gedanke, sofort alles stehen und liegen zu lassen, war mehr als nur verlockend. Sie konnte sich Monate, wenn nicht Jahre in der Schar der in der Galaxis verstreuten Wanderarbeiter verstecken, ohne auch nur eine Spur zu hinterlassen. Sie ertappte sich dabei, ganz nebenbei nachzuschauen, wann der nächste Flug nach Neu Vegas 7 ging. *Nein,* dachte sie. *So wird das nicht klappen. Wenn dieser Muller mich wirklich für die Hydra hält, wird er den Raumflughafen überwachen lassen. Dann müßte die Maskerade hier und jetzt beginnen.* Allerdings verirrten sich nur wenige Wanderarbeiter auf das reiche Eldora. Und hier wußten zu viele Leute, wer sie wirklich war. Keine gute Tarnung.

Die Elbin seufzte und versuchte sich zu erinnern, was Ramar Muller zum Abschied gesagt hatte. „Denken Sie über mein Angebot nach." Was sollte das? Selbst wenn sie zugab, die Hydra zu sein, sollte sie etwa für ein Amt für Wirtschaftsinformation arbeiten? Was tat dieses verdammte Amt eigentlich, außer Bürger wie sie mit Fragen über längst Bekanntes zu löchern?

Nein, schlußfolgerte sie, das konnte alles nicht stimmen. Was immer das Amt tat, mit Wirtschaft hatte es sicher nichts zu tun.

*Gehen wir es anders an*, dachte sie.

Ein paar ruhige Atemzüge, die vertrauten hochelbischen Worte des Konzentrationsmantras. *Kläre Deinen Geist. Frage das Wesentliche.*

Welche staatliche Stelle hat Bedarf an den Diensten eines geübten Scharfschützen?

Die Planetare Sicherheit fiel ihr sofort ein. Allerdings bildete man dort die benötigten Kräfte aus dem regulären Personal selbst aus. Und die Planetaren Sicherheitskräfte brauchten so gut wie nie verdeckt auftreten. Das war es nicht.

Wer hatte noch Bedarf?

Es durchfuhr Silmarien wie ein eisiger Lufthauch, als ihr die richtige Antwort einfiel. Ramar Muller arbeitete für irgendeinen Geheimdienst. Die Frage war nur noch, ob alles, was heute geschehen war, nicht nur die sehr geschickte Vorbereitung für eine versteckte Falle war, mit der er die Hydra fangen wollte.

# Unerwartete Begegnung

„Hallo, Sil."

Die Gerufene drehte sich in der Menge der Menschen um. Manchmal war es erstaunlich, wie zielsicher sich Bekannte in der Menge der Arbeiter, die mit ihren allgegenwärtigen Kapuzenumhängen fast uniformiert wirkten, sofort erkannten.

„Miguel! Schön, dass wir uns mal wieder treffen."

Die Frau machte ein paar Schritte auf den Neuankömmling zu. Er sah müde aus und hatte schwarze Bartstoppeln. Die Elbin kannte ihn schon ein paar Jahre. Er war einer der wenigen Arbeiter, die eine Familie hatten. Sein Zuhause lag auf einer der Welten im Varagua-Sternhaufen.

„Bitte entschuldige meinen Aufzug...," erklärte der Mann, „ich war 36 Stunden in einem Frachtraum eingepfercht. Ich sollte eigentlich erstmal duschen."

„Na, eine Unterkunft wirst Du leicht finden," antwortete Silmarien. „Hier brechen gerade viele Leute auf. Wenn Du ein paar Tage wartest, werden die Einzelzimmer sicher billiger."

„Nanu, was ist los?"

„Hier gab es ein Unglück. Eine Shuttledrohne ist mit einer vollen Ladung Chemikalien in das Holzlager abgestürzt." Sie zuckte die Schultern. „Die Bilder sehen furchtbar aus. Es brennt immer noch alles lichterloh. Glücklicherweise gab es keine Verletzten dabei. Sie zeigen es auf allen Holoscreens."

„Wie kann denn sowas passieren....," fragte der Ankömmling nachdenklich.

„Sie sagen, ein Triebwerk sei beim Landeanflug explodiert." Silmarien verzog keine Miene, denn sie wußte sehr gut, was der Grund dafür war. Triebwerke von Raumschiffen nehmen es sehr übel, wenn Gegenstände mit hoher Geschwindigkeit in ihre Düse geschossen werden.

„So was..." Miguel schwieg betroffen.

„Naja, und jetzt bekommen natürlich viele der Subunternehmer keine Aufträge mehr vom Konzern. Jedenfalls die nächste Zeit nicht," erklärte die Elbin weiter. „Und deshalb werfen sie ihre Leute raus. Mich auch. Bin gerade auf dem Weg weg von hier." Der unrasierte Mann schien förmlich zusammenzusacken. Das sah nicht gut für ihn aus.

„Wo gehst Du hin", fragte er abwesend.

„Vegas, und dann mal hören, was der Wind flüstert."

„Naja, auf Vegas hörst Du zuerst, wenn sich was Neues ergibt, das stimmt." Der Mann versuchte seine Enttäuschung zu verbergen.

„Vielleicht sagst Du einfach, dass Du gut Dinge reparieren kannst. Die werden bald Leute zum Aufräumen brauchen."

„Ja, das könnte gehen." Er machte sich offensichtlich Sorgen um seine Rücklagen. Miguel liebte seine Frau und seine vier Kinder – er zeigte jedem bei einer Gelegenheit Holos von ihnen – und er sparte von dem wenigen Verdienst, den er für sich behielt, soviel wie möglich, um einen Flug nach Hause bezahlen zu können. Den ganzen Rest schickte er ihnen sofort.

„Tut mir leid für Dich."

„Ah, ich schaffe das schon. Wie Du sagst, die brauchen Leute zum Aufräumen." Der Varaguaner lächelte jetzt breit mit seinen schneeweißen Zähnen. In ihrer Gegenwart würde er sich keine Schwäche anmerken lassen, das wußte Silmarien.

Es war das erste mal, dass sie sich der direkten Folgen eines ihrer Aufträge so deutlich bewußt wurde. Von ihrer Schußposition in der Einflugschneise aus hatte sie den perfekten Ausblick auf den Absturz und den Feuerball beim Aufschlag gehabt. Die Szene hatte sie unglaublich berauscht, und sie hatte eine Sekunde lang gedacht, dass sie häufiger unbemannte Drohnen abschießen sollte. Schließlich war das ja auch der ursprüngliche Zweck ihrer Waffe gewesen.

Aber jetzt… es hingen eben immer sehr viele weitere Schicksale davon ab, wenn eine solche Katastrophe geschah. Auch, wenn dabei niemand getötet wurde.

„Ich denke, ich muß los", sagte sie leise. „Mein Shuttle geht bald."

„Ja klar. Schade." Miguel tat ungerührt.

„Übrigens, wenn Du abends mal einen guten Tropfen möchtest... South Ridge. Es gibt ein paar Schwarzbrenner dort."

„South Ridge, alles klar", antwortete er und zeigte wieder sein weißes Lächeln.

„Wir seh'n uns."

Im Fortgehen dachte Silmarien daran, dass sie nicht wegen der Brennereien auf den kleinen Hügeln im Süden der Stadt gewesen war. Alkohol hatte ohnehin keine Wirkung bei ihr. Aber die South Ridge lag mitten in der Einflugschneise.

\*

Die Nachricht von dem merkwürdigen Unfall auf Meandarion II hatte Liquidator Johansen alarmiert, und er hatte den sofortigen Aufbruch seiner kleinen Flotte befohlen. Das Zielsystem lag nicht weit von Neu Vegas 7 entfernt. Diesmal würde er nur Stunden nach dem Anschlag vor Ort sein und wichtige Beweise sichern können. Das konnte kein Unfall gewesen sein.

Als die Kreuzer und Zerstörer im Meandarion-System in den Normalraum zurückfielen, wurden sie mit einer ganzen Flut abfliegender Transporter konfrontiert. Es schien, dass alle Bewohner das System sofort nach dem Absturz die Hauptwelt verlassen wollten. Angesichts des Chaos gab Johansen die Hoffnung auf, die Hydra hier und jetzt stellen zu können. Wahrscheinlich war sie schon lange fort.

Die Raumhäfen, sowohl Orbital als auch Central, waren vollkommen überlastet. Der Liquidator kam erst zur Absturzstelle durch, als er seine Privilegien in Anspruch nahm und mit seinem Shuttle direkt auf dem Gelände des abgebrannten Holzlagers landete.

Die Konzernfeuerwehr war noch dabei, die letzten Feuer im ausgeglühten Wrack der großen Frachtdrohne zu löschen, und nahebei wurden bereits Arbeitskräfte zum Aufräumen zusammengestellt. Natürlich wollte der Konzern so schnell wie möglich wieder geordnete Zustände herstellen.

Der Ermittler ließ die geschwärzten, verbogenen und halbgeschmolzenen Trümmer, die einmal ein automatisches Raumfahrzeug gewesen waren, jedoch absperren. Nicht lange danach landete ein zweites Shuttle neben dem ersten und ließ einen ganzen Schwarm fliegender und laufender Analysedroiden auf das Wrack los, unter den mißmutigen Blicken der anwesenden Konzernmanager.

Liquidator Johansen hatte nicht viel Hoffnung, dass viele Spuren die Gründlichkeit des Feuers nach dem Absturz überstanden hatten. Er trat mit dem Stiefel gegen ein verdrehtes Synthmetallteil, das ein klägliches Scheppern von sich gab. Er beschloß, einstweilen die Zeuges des Unglückes zu befragen.

„Ich weiß nicht, Herr. Ich habe nur einen Knall gehört, der sehr laut war. Drinnen spielte Musik, und man konnte es trotzdem deutlich hören. Wir sind natürlich alle rausgerannt.“

„Was hast Du noch gesehen?“ Johansen hatte hörbar Ungeduld in der Stimme.

„Ich sah das Raumschiff fliegen. Es war niedriger als sonst, und es schaukelte in der Luft. Eins der Triebwerke war schief und brannte. Es fiel etwas davon ab.“

Der Arbeiter machte große Augen, als er die schrecklichen Momente noch einmal in der Erinnerung passieren ließ. Er schluckte trocken. „Es flog nicht mehr richtig, kam nur knapp noch über den Hügel. Dann verschwand es. Einen Moment später stieg ein gewaltiger Feuerball über den Hügel, soviel Feuer hab ich noch nie in meinem Leben gesehen, und dann kamen ein noch größerer Knall und ein Erdbeben, ich bin hingefallen und mit dem Kopf gegen einen Türrahmen gestoßen.“ Er zeigte zum Beweis auf den Verband, den er um den Kopf hatte.

„Jaja“, erwiderte der Liquidator. „Welche Hügel waren das?“

„Na, South Ridge", kam die Antwort.

„Kann man die Shuttles von dort oft sehen?"

„Jeden Tag, Herr. Sie fliegen direkt darüber. Der Lärm der Triebwerke ist so laut, deswegen machen drinnen auch alle die Musik an."

Der grobschlächtige Mann nickte bestätigend mit dem Kopf.

„Und vorher hast Du nichts gesehen?" Johansen gab seinen Zeugen noch nicht frei, obwohl dieser sich sichtlich unbehaglich fühlte ob des Verhörs.

„Ich war doch schon eine Stunde drinnen. Hab vorher nichts gesehen," erwiderte er.

„Gut, Du kannst gehen."

Der Ermittler ließ seinen Blick über die Masse an Gestalten schweifen und setzte die Puzzleteile der  Aussagen im Kopf zusammen. Hügel direkt in der Einflugschneise. Da hatte die Hydra vermutlich ganz gemütlich in irgendeinem Gebüsch auf einer Hügelkuppe gelegen und auf ihre Beute gewartet. Und wegen des Fluglärms hatte niemand sie dort gesehen, weil alle Besucher der Siedlung so schnell wie möglich in einem Gebäude verschwanden.

Hinterher starrten alle nur in das Feuer am Horizont, und die Hydra hatte in aller Ruhe ihre Sachen zusammengepackt und war in entgegengesetzter Richtung davonspaziert.

Johansens Blick blieb an einem merkwürdigen Gesicht hängen. Mit sichtlich angewidertem Blick stand dort eine hochgewachsene Elbin inmitten der Arbeiter und Angestellten, die die Konzernsicherheit zum Verhör zusammengetrieben hatte.

„Du!" Der Liquidator rief es laut und streckte den Arm aus. Die Sicherheitskräfte folgten seinem Fingerzeig mit den Blicken, und zwei machten sich durch die dichtgedrängten Leiber auf den Weg zu der Frau, die der Imperiale Beamte ganz offensichtlich als nächstes sehen wollte.

Sie wehrte sich dagegen, von den Sicherheitsleuten berührt zu werden, und lief schließlich vor ihnen her zu Johansen.

„Na da bin ich ja mal gespannt, was Du mir zu erzählen hast," begrüßte er die Alienfrau mit einem bösen Grinsen.

„Ich bin  Arwen ar-Nennan Lok'ni, Botschafterin des Ältestenrates meiner Heimatwelt", begann die Elbin ihre Ansprache mit sichtlicher Herablassung, schroff unterbrochen vom heiseren Auflachen des Mannes.

„Und ich bin der Stellvertreter Imperator Adimon des XXVIII. persönlich. Erzähl mir keine Geschichten, Frau. Wie war Dein Name? Arwen? Hör mir zu."

Der Mensch funkelte die Elbin stolz an, bevor er mit gefährlich ruhiger Stimme dazusetzte: „Du hast es hier nicht mit irgendeinem schlecht bezahlten lokalen Beamten zu tun, Arwen. Ich bin ein Liquidator der Exekutive, befugt, auf diesem oder jedem anderen Planeten der Galaxie mit einem Fingerschnippen das Kommando zu übernehmen, wenn ich das Wohl des Menschen-Imperiums bedroht sehe. Und ich weiß sehr wohl, dass wir im gesamten Imperium keinen einzigen Botschafter irgendeiner Alienspezies akkreditiert haben."

„Ich protestiere gegen dieses ungebührliche Verhalten….," entrüstete die Angesprochene sich.

„Protestiere bei wem Du willst, hier geschieht was ich sage," erwiderte Johansen knapp. „Warum bist Du hier? Hast Du irgendwelche Ausweisdokumente? Wer hat Dir ein Visum für diese Kolonie ausgestellt? Ich rate Dir gut, mir kurze und präzise Antworten zu geben."

„Du hast mir gar nichts zu sagen, Mensch!" Das letzte Wort spuckte die Frau regelrecht aus.

„Ich will Dir mal etwas erklären, Arwen. Hör gut zu, denn ich erkläre es nur dieses eine Mal." Der Liquidator zog seinen Blaster und kontrollierte wie beiläufig die Zündkammer, ehe er dazusetzte: „Du und Deinesgleichen habt im Imperium der Menschen überhaupt keinen rechtlichen Status. In unserer Verfassung kommt ihr nicht mit einer Silbe vor. Rein rechtlich steht ihr also auf einer Stufe mit den wilden Tieren, die es auf manchen wenig besiedelten Welten gibt." Er sah ihr direkt in die Augen. „Es wäre für mich und jeden anderen Menschen absolut kein Verbrechen, Dich einfach hier und jetzt zu erschießen wie ein aggressives Tier. Klar?"

Er nickte den beiden Wachen zu. „Festnehmen und filzen. Hochsicherheitsprotokoll. Denkt daran, sie hat vielleicht gefährliche Geräte dabei, die uns unbekannt sind."

Zum ersten Mal in ihrem Leben verschlug es der gebildeten Hochelbin die Sprache.

## Alte Gewohnheiten

„Ach mein Junge, das ist so schön, dass Du mich an diesem Tag besuchst", sagte die alte Dame sichtlich bewegt. Kato antwortete mit gespielter Entrüstung. „Aber Mama, ich hätte doch nie Deinen Geburtstag vergessen."

Yoriko zog ihren Sohn (der sie um mindestens einen Kopf überragte) in ihren Wohnraum in der Anlage, in der sie mit vielen anderen Senioren lebte. Der Raum war groß und hell, und zu ihm gehörte auch ein Balkon, dessen Tür offen stand. Der leichte Wind wehte die Gardine herein, und man hatte einen schönen Ausblick über den sonnigen Park, in dem das Gebäude lag.

„Ich habe eine Kleinigkeit für Dich mitgebracht", erklärte der junge Mann, als die Beiden sich setzten. „Ich muß Dir ja nicht extra erklären, auf welche Weise ich so dies und das mitbekomme. Ich weiß, dass Du Pfleger in dieser Einrichtung bestichst, um für Dich Informationen zu besorgen."

„Das ist doch nicht der Rede wert", erwiderte die Jubilarin verharmlosend. „Außerdem war es nur einer. Mir ist manchmal etwas langweilig, weißt Du. Ich möchte noch etwas vom Leben mitbekommen. Du besuchst mich ja so selten."

„Ich weiß, Mama. Und deshalb habe ich das hier für Dich besorgt. So ziemlich das neueste Modell."

Neugierig geworden lüftete die ältere Frau den Deckel der Schachtel, die der Besucher ihr übergeben hatte.

„Oh", sagte sie überrascht. „Ein Tablet. Das ist ja ein Korion-47."

„Genau, Mama", erklärte ihr Sohn. „Damit kannst Du im Holonet herumstöbern, soviel Du willst, und mußt den armen Pfleger nicht so oft auf Botengänge schicken."

„Ich weiß, wozu ein Holotablet da ist, mein Junge", sagte die alte Dame etwas tadelnd. „Mal sehen, ob der alte Trick noch funktioniert. Ich hoffe doch, Du hast das Ding noch nicht angemacht."

„Nein…", sagte Kato etwas überrascht, während er beobachtete, wie seine Mutter einige der Sensorfelder des Gerätes beim Einschalten in einer bestimmten Reihenfolge berührte. Statt dem Startbildschirm erschien eine Seite grünen Textes in kleinen Buchstaben. „Ah", quiekte die Frau vergnügt. „Dachte ich es mit doch. Es funktioniert noch immer. Das ist die Konfiguration der Datenverwertung, weißt Du. Ist gesetzlich vorgeschrieben, aber sowas schreiben sie natürlich nicht in die Anleitung. Ich möchte nämlich nicht so gerne, dass der Hersteller dieses schönen Gerätes alles herunterlädt, was ich damit mache. Wo ist denn nur meine Brille."

Nachdem sie ihre Sehhilfe gefunden hatte, fuhr sie fort, als hätte sie in ihrem Leben nie etwas anderes gemacht. „Deswegen werden wir jetzt hier und hier gleich mal deaktivieren…". Sie tippte mit dem Finger routiniert in den holografischen Text.

Der Besucher hätte nicht überraschter aussehen können, wenn seine Mutter sich im selben Moment in ein Ente verwandelt hätte.

„Mama", fragte er langsam. „Wieso weißt Du so etwas?"

„Ach Junge", erwiderte die Frau. „Das war lange vor Deiner Zeit. Ich hatte damals ein Korion-25. Wir haben in der Schule Kopien von Holospielen getauscht, und natürlich laufen die auf einem normalen Tablet nicht. Also mußten wir lernen, wie man in den Konfigurationsmodus kommt und ein paar Dinge abschaltet, damit man Software installieren kann, die der Hersteller eigentlich nicht vorgesehen hatte. Ich bin damals fast von der Schule geflogen deswegen."

„Mama…"

„Ja, ich weiß, mein Sohn." Yoriko machte ein etwas mißmutiges Gesicht. „Dein Vater hatte damals genau diesen Tonfall in der Stimme. Er hat mir das Versprechen abgenommen, dass ich damit aufhöre, wenn Du da bist, und ich habe ihm seinen Wunsch erfüllt. Er wollte nicht, dass Du Deine Karriere durch einen dummen Streich in der Schule zerstörst. So wie ich damals."

„Hast Du je wieder von ihm gehört?", wollte Kato wissen.

„Nein." Der Gesichtsausdruck der alten Dame wurde hart. „Wir haben uns schon vorher nicht mehr so gut verstanden. Als Du dann mit dem Studium angefangen hast, war das nur der Schlußpunkt eines langen Niederganges. Ich bin also ausgezogen, um Deiner Oma zu helfen, und den Rest kennst Du ja." Sie sah auf zu ihrem Sohn und sagte: „Wo gerade davon sprechen, wie geht es denn Silmarien?"

„Ganz gut eigentlich", erzählte der junge Mann. „Sie hat nur gerade viel zu tun. Irgendein Beamter von einer komischen Verwaltung hat sie vorgeladen und befragt, und sie bekommt nicht heraus, was genau das Problem ist. Natürlich macht sie sich etwas Sorgen."

„Verständlich, bei ihrer Vergangenheit." Das Gesicht der Seniorin hellte sich auf. „Ah, sieh mal", sagte sie und zeigte ihrem Sprößling den leicht veränderten Startbildschirm. „Einen Tag oder etwas weniger habe ich jetzt, bevor sie mich zwingen werden, ihren Download-Bestimmungen zuzustimmen. Aber das wird mir reichen."

„Da ist gar kein Netzwerk-Agent", bemerkte der Besucher, der seiner alten Mutter jetzt immer interessierter zusah. Dass seine Mutter eine Vergangenheit als Hackerin gehabt hatte, faszinierte ihn mehr und mehr.

„Oh doch, aber nur stark eingeschränkt", erklärte die. „Macht aber nichts. Schauen wir doch mal, ob es den Knoblauch-Webring noch gibt."

„Wozu dient das?", wollte der Sohn wissen.

„War früher die sicherste Methode, sich im Holonet umzusehen, ohne Spuren zu hinterlassen. Ich brauche den Agenten von dort, und den aktuellen Jailbreak, um auf diesem netten neuen Gerät Systemzugriff zu bekommen."

Der Mann bemerkte, dass die alte Dame plötzlich wieder jung aussah. In ihren Augen glitzerte etwas, das er dort lange nicht mehr gesehen hatte.

„Da ist es ja…", murmelte sie leise vor sich hin und begann, einige Dateien von einem Server des Ringes herunterzuladen. Dann sah seine Mutter auf.

„Der Beamte, der Silmarien auf die Pelle gerückt ist", bemerkte sie, als handele es sich um eine Nebensache. „Hat sie den Namen genannt?"

„Ja, muß ich aber nachsehen." Kato griff automatisch nach seinem Mobil.

„Muß nicht sofort sein. Vergiß es nur bitte nicht, bevor Du gehst."

„Ja, Mama", antwortete er, als sei er noch ein Schuljunge.

„Guck mal, was für ein hübscher anonymer Netzwerk-Agent. Und jetzt ziehen wir dem Überwachungsagenten des Herstellers dieses schönen Geburtstagsgeschenkes mal alle Zähne." Yoriko grinste und tippte ein anderes Symbol auf dem Holodisplay an.

Das Hologrammdisplay blitze kurz auf und verschwand. Der kleingeschriebene grüne Text vom Anfang erschien wieder, nur diesmal war ein Textmenü in bernsteinfarbener Schrift davor.

„Und drin", bemerkte die alte Dame und grinste so breit, dass ihre Augen sich zu schwarzen Strichen zusammenzogen. Schneller, als Kato ihren Fingern folgen konnte, ging sie die einzelnen Punkte des Menüs durch.

„Und fertig", setzte sie hinzu, während der harmlose normale Startbildschirm des Holotablets wieder erschien. Er sah ganz unverdächtig aus, bis auf ein zusätzliches Sternsymbol am unteren Rand.

„Mein Sohn, ich danke Dir für dieses wunderbare Geburtstagsgeschenk", sagte die Frau und zog den jungen Mann, der inzwischen mit offenem Mund dasaß, in die Arme. „Du hast mir eine große Freude gemacht. Mit diesem schönen Tablet kann ich jetzt vollkommen anonym das Holonet durchsuchen, und wirklich niemand wird auch nur die kleinste Spur davon finden, nicht mal der Hersteller von dem Ding hier. Übrigens werde ich Dir noch ein paar öffentliche Schlüsseldateien zukommen lassen, für den Fall, dass wir mal ganz private Dinge über das Netz austauschen müssen."

„Mama?", fragte Kato, der sich wieder wie ein kleiner Junge fühlte. „Kannst das da da für mich auch machen?" Er zeigte auf das unverdächtig aussehende Gerät.

Yoriko lachte so unbeschwert wie schon lange nicht mehr. „Aber sicher, mein Kleiner", sagte sie und strich ihrem erwachsenen Sohn über die Haare.

\*

Yoriko hatte sich im Rahmen ihrer Möglichkeiten angemessen ausstaffiert, als sie einige Tage später überraschend eine private Einladung zum Essen erhielt, von einem ihrer ältesten Freunde, den sie seit Jahren nicht mehr gesehen hatte. Ein Bediensteter holte sie mit einem luxuriösen Gefährt ab und brachte sie zu einem großen Anwesen in der teuersten Gegend von ganz Neu Vegas. Ihr Gastgeber wartete in perfekter Inszenierung in Anzug und Krawatte auf der Freitreppe des Hauses, als der Wagen vorfuhr.

„Yoriko", sagte der Mann mit einer angenehmen und erfreuten Stimme. Auch er war nicht mehr jung und hatte bereits weiße Haare.

„Sergio." Die Besucherin ließ es kokett zu, dass der Einladende bei ihr einen Handkuß andeutete, und hakte sich dann bei ihm ein. Mit der anderen Hand raffte sie die weiten Röcke ihres Kleides, als er sie die Treppe hinaufführte. Sie hatte das weiße ausgesucht, weil sie wußte, dass es ihr am besten stand und auch darauf geachtet, dass der Ausschnitt davon nicht zu tief war. Nicht, weil in ihrem Alter das Sichtbare vielleicht nicht mehr ansehnlich genug war, sondern weil sie den Mann gut genug kannte, um zu wissen, dass er derlei billige Anbiederung ganz und gar nicht schätzte.

Als der Gastgeber die Tür öffnete, um seine Besucherin einzulassen, erklärte er: „Meine Liebe, ich weiß, wie sehr Du Langusten magst. Ich habe ein paar aus Nova Tritonia bekommen, und da dachte ich, ich lasse meinen Koch doch mal zwei davon zubereiten."

„Sergio, Du wirst Dich nie ändern." Die alte Dame lächelte entzückt. Innerlich war sie allerdings hochgradig aufmerksam. Denn der nette Herr im fortgeschrittenen Alter, der vor ihr stand, war der Monsignore des Syndikates von Neu Vegas 7. Er lud seine Bekannten nie in sein Haus ein, wenn es nicht einen triftigen Grund gab. Und der eine oder andere vormalige Bekannte war von einer solchen Einladung auch nicht mehr lebend zurückgekehrt. Vorsicht war also durchaus geboten.

Nebenbei war Sergio auch noch der imperiale Gouverneur von Neu Vegas, was allerdings wirklich nur eine Nebensache war. Das Imperium schien immerhin der Meinung zu sein, dass dieser Posten mit jemand besetzt sein mußte, der in dieser Welt genügend Rückhalt hatte. Und das war der Monsignore. Wer, wenn nicht er?

Ganz Kavalier, schob der ältere Herr seiner Besucherin den Stuhl zurecht, nachdem ein Bediensteter ihr die Jacke abgenommen hatte, und bevor er selbst sich ihr gegenüber setzte. Die beiden tauschten Belanglosigkeiten über gemeinsame Bekannte aus früheren Jahren aus, das Essen wurde aufgetragen, das Yoriko nicht versäumte, über Gebühr zu loben, und stießen mit einen nicht eben billigen Wein auf ihrer beider Wohl an.

Schließlich trat einen Augenblick Stille ein, und die alte Dame fragte mit einer gewissen Strenge in der Stimme: „Du hast mir noch gar nicht gesagt, was mir die Ehre dieser Einladung eingebracht hat, mein alter Freund."

„Ach Yoriko." Er schmunzelte, tupfte sich den Mund mit der bereitliegenden Serviette ab und lehnte sich zurück. „Du hast immer noch Deinen scharfen Verstand."

„Ja, Sergio. Und der beginnt sich zu fragen, was ich hier bei Dir eigentlich mache."

Der Mann lachte gönnerhaft. „Du weißt ja, wie wichtig mir Familie ist. Deine Mutter, Du, Dein Sohn Kato. Ihr wart oder seid nur ein kleines Rädchen im großen Getriebe von Neu Vegas, allerdings eines, das wichtige Aufgaben erfüllt. Ihr seid Agenten, falls man Spezialisten für unangenehme Aufgaben sucht, ihr seid gut in der Vermittlung von Geldwäsche, die nur sehr schwer zurückzuverfolgen ist und vieles mehr. Deine Familie ist meiner Familie immer ein zuverlässiger Geschäftspartner gewesen, und ich möchte gerne, das das noch lange so bleibt."

„Was willst Du, Sergio", antwortete die betagte Besucherin auf diese Ansprache mit kalter Stimme.

„Du hast Erkundigungen eingezogen. Ich will wissen, über was oder wen."

Yoriko lachte erleichtert. „Das muß Dir keine Sorgen machen." Sie öffnete mit langsamen Bewegungen ihre Handtasche und zog ihr neues Tablet heraus. „Du hast mitbekommen, dass es Abfragen aus dem Seniorenheim gab", stellte sie fest.

Der Gastgeber warf einen kurzen Blick auf das Gerät und stellte dann lakonisch fest: „Du kannst es also immer noch. Nach all der Zeit. Weißt Du eigentlich, dass ich damals ernsthaft überlegt hatte, Deinen Mann aus dem Weg zu räumen? Du warst zu gut, um Dich einfach gehen zu lassen."

„Das hätte ich Dir nie verziehen."

„Ich weiß, meine Blume. Und darum habe ich es nicht getan." Er lächelte charmant wie ein altgewordener Holostar und stellte mit etwas Theatralik seufzend fest: „Ich bin Wachs in den Händen der Frauen."

„Und bekommst trotzdem immer, was Du willst. Also schön, alter Freund. Ich habe recherchiert über einen Beamten, der eine unserer Schützlinge – nennen wir es einmal so – vorgeladen hat. Ich bin mir sicher, da steckt etwas mehr dahinter."

Yoriko hatte jetzt jegliche Koketterie verloren und sah sehr geschäftsmäßig zum Monsignore hinüber.

„Mhm." Der Mann drehte den Stiel des Weinglases in seiner Hand langsam hin und her und blickte in die Flüssigkeit, als suche er etwas darin. „Besagter Schützling ist nicht zufällig eine gewisse Elbin?"

„Schon möglich", erwiderte die Frau mit einem Schmunzeln. „Aber das ist natürlich vertraulich."

„Ja, klar. Nach wem hast Du gesucht?"

„Der Mann heißt Ramar Muller. Beamter auf Eldora, und man bekommt ums Verrecken nicht heraus, bei welcher Behörde er wirklich arbeitet", erklärte die alte Dame.

„Und Du flunkerst mich nicht an?", wollte Sergio mit gespielt strengem Blick wissen.

„Habe ich das je getan?", fragte die Besucherin mit treuherzigem Gesichtsausdruck zurück.

„Ein- oder zweimal hast Du nicht *alles* gesagt, damals, in der Sache mit dem Casino…"

„Ach", wehrte die Frau ab. „Das ist bestimmt schon verjährt. Außerdem war es privat. Eine echte Dame hat immer ein paar Geheimnisse."

Der Monsignore lachte herzhaft und winkte seinem Bediensteten, noch etwas Wein nachzuschenken.

„Yoriko, Yoriko", stellte er schließlich noch immer lächelnd fest. „Ich mag Dich einfach." Er überlegte einen Augenblick angestrengt, ehe er erklärte: „Weißt Du, in letzter Zeit erkundigen sich eine Menge Leute nach der gewissen Elbin. Unter anderem ein Liquidator. Da muß ich einfach vorsichtig sein. Und dann kommt ausgerechnet aus dem Heim, in dem Du lebst, ein Schwall unknackbarer Suchanfragen durch das halbe Hypernet, in einem Muster, das nur eine jemals so vollkommen beherrscht hat… ich dachte mir, ich befrage Dich lieber persönlich dazu. Meine Jungs können manchmal etwas zu unkultiviert für jemand wie Dich sein."

„Ich danke Dir für die Rücksichtnahme", stellte die Besucherin kühl fest.

„Für Dich doch immer, alte Freundin. Möchtest Du eigentlich wissen, wer Ramar ist?", fragte der Gastgeber leichthin.

„Du kennst ihn?", entfuhr es Yoriko erstaunt.

„Ja. Ist nicht gerade ein Freund, aber… sagen wir Geschäftspartner."

„Wer ist er?", fragte die alte Dame streng.

„Er leitet den Eldoranischen Geheimdienst."

„Unsinn. Keine Kolonialwelt hat einen eigenen Geheimdienst", stellte die Frau trocken fest.

„Offiziell nicht, das stimmt. Ich kann mir das hier nicht erlauben, weil ich für die imperiale Administration nun mal nur der Gouverneur dieser Welt bin, den sie jederzeit absetzen können. Eldora ist aber eine autonome Region. Die haben nach innen Selbstverwaltung, da kann ihnen also nicht mal die Administration hineinreden. Wenn die also einen Geheimdienst aufziehen, können sie es tun, solange es nicht offiziell wird."

Yoriko verzog den Mund zu einem Grinsen. Das Vergnügen glitzerte in ihren schmalen Augen.

„Ich verstehe", sagte sie. „Er spioniert in Deinem Auftrag."

„Mmh", machte Sergio abwehrend und runzelte die Stirn leicht. „Wir tauschen ab und zu ein paar Informationen aus. Nichts Wichtiges."

„Alter Freund, das ist ein denkwürdiger Abend", sagte die alte Dame und lehnte sich zufrieden zurück.

„Oh warte, bis Du den Nachtisch probiert hast", erzählte der Gastgeber eifrig. „Nur einen Gefallen tu mir", setzte er hinzu. „Die Nachricht an Kato schicke bitte erst dann los, wenn Du wieder zuhause bist. Nur zur Sicherheit."

„In Ordnung."

„Gut, dann also der Nachtisch… Du wirst Augen machen, glaub mir."

*

Es wurde sehr spät, und Yoriko fühlte sich leicht beschwipst, als Sergios Fahrer sie wieder im Seniorenheim absetzte. Trotzdem vergaß sie nicht, ihren Sohn und Silmarien sogleich verschlüsselt über die Identität von Ramar Muller in Kenntnis zu setzen.

# Schachzüge

Liquidator Johansen rieb sich müde die Augen. Er hatte die Nachricht von seinem Gönner mehrfach gelesen, doch es bestand kein Zweifel an den Anweisungen, die er erhalten hatte. *Sie haben großartige Arbeit geleistet*, hieß es da zuerst. *Dank Ihrer Hinweise habe ich den Auftraggeber der Hydra identifizieren können und werde entsprechend handeln. Dieser Fall ist damit für Sie abgeschlossen und kann zu den Akten gelegt werden.* Der Liquidator hatte an dieser Stelle geglaubt, seinen Augen nicht trauen zu können. Er hatte die Hydra doch schon fast. Operationsgebiet und Schlupfwinkel waren identifiziert. Bei ihrem nächsten Auftrag würde er die Hydra auf frischer Tat ertappen und festnehmen. Zählte es denn gar nicht, dass ein gefährlicher Verbrecher unschädlich gemacht werden konnte?

Der Unbekannte, der Johansens Karriere so förderlich gewesen war, schien vorauszusehen, dass der Liquidator an dieser Stelle würde Einwände äußern wollen.

*Ich hoffe, sie werden in diesem Punkt einsichtig sein*, hatte er geschrieben. *Ihre Aufgabe war niemals, die Hydra zur Strecke zu bringen. Wichtig und gut war, dass Ihre Hinweise mich zum Auftraggeber der Anschläge auf meinen Besitz geführt haben. Und derjenige wird dafür bezahlen, da dürfen Sie ganz sicher sein. Der Gerechtigkeit wird am Ende also Genüge getan.*

*Was die Hydra selbst angeht: solche Leute sind nur Söldner, die für den arbeiten, der sie am besten bezahlt. Das könnte das nächste Mal ein Freund von mir sein. Seien Sie also nicht zu übereifrig, denn das könnte sich ungünstig auf Ihre weitere Karriere auswirken.*

Es ging also niemals darum, hier bei der Exekutive Polizeiarbeit zu leisten und Gesetzesbrecher zu stellen und zu überführen. Er war ein Laufbursche für die persönlichen Interessen eines reichen Fatzkes, nichts weiter. Zumindest fühlte er sich so. Denn am Schluß der Nachricht hieß es:

*Etwas übereifrig war bereits die Verhaftung dieser Alien-Frau ohne weitere Rücksprache mit mir. Konflikte mit den Aliens der Randsektoren kommen meinen Kollegen und mir zur Zeit nicht gelegen. Sie werden diese Frau deshalb umgehend aus der Haft entlassen. Seinen Sie gewarnt, Johansen. Blinder Eifer schadet mehr, als dass er nützt. Ein weiteres Mal werde ich so etwas nicht durchgehen lassen. Ich hoffe, ich habe mich klar genug ausgedrückt.*

Letzteres war eine ziemlich unverblümte Drohung gewesen. Was sollte er denn nur tun? Er war einer der fähigsten Ermittler gewesen, der jeden Verbrecher gefaßt hatte. War er jetzt nur noch ein Hund, der den Hasen nur so lange jagen durfte, bis sein Herrchen pfiff, und dann mußte er gehorsam und mit hängenden Ohren zu ihm zurückkehren und warten, bis jemand anderes den Hasenbraten servierte?

Johansen rieb sich einmal mehr die Augen, während er sich an dem Kaffeeautomaten in der kleinen Teeküche auf dieser Etage des Verwaltungsgebäudes der Exekutive festhielt.

„Na, Ärger?" Er hatte nicht bemerkt, dass ein anderer Liquidator hinter ihm den Raum betreten hatte. Es war Kumaro.

„Ja, kann man so sagen." Johansen nahm seinen Kaffeebecher aus dem Automaten und pustete auf die heiße schwarze Flüssigkeit.

„Wegen dieser Elbin, nehme ich an. Der Abteilungsleiter war ziemlich wütend." Der Kollege machte ein mitfühlendes Gesicht.

„Deswegen auch, ja. Eine wichtige Zeugin in meinem Fall. Aber mir wurde gesagt, ich soll den Fall schließen und sie freilassen. Keine weiteren Ermittlungen." Der Mann entschied, dass er genug gepustet hatte und nahm einen Schluck Kaffee.

„Das ist doch gut", erwiderte der andere. „Fall erledigt, Dein Förderer zufrieden, was ist das Problem?"

„Ich hatte den Attentäter schon fast", erklärte Johansen.

„Kennst Du das? Du machst Deine Arbeit, wie wir es bei der

Sicherheit gelernt haben, hast den Täter schon fast gepackt und dann kommt der, wie hast Du ihn genannt, Förderer, und sagt, laß ihn laufen. Das ist doch nicht unsere Aufgabe hier."

Kumaro sah den Kollegen lange an. „Doch, das ist unsere Aufgabe, Jo. Wir sind hier, weil mächtige Leute uns hier haben wollen. Sie wollen, dass wir ihre Probleme lösen helfen. Mehr nicht. Diese Leute, egal ob Du sie Förderer oder anders nennst, stehen so hoch über uns in der Hierarchie des Imperiums, die bekommen wir nie zu Gesicht. Wenn Du oder ich uns ein kleines Haus am Rand einer der Metropolen kaufen, dann kaufen diese Leute sich einen ganzen Planeten am Rande des Kerns, auf dem sie einen Kontinent in einen Park umwandeln lassen, nur um sich einen Palast hineinzubauen. Diese Leute denken in ganz anderen Kategorien als wir. Man sollte sie nicht verärgern."

Als der Angesprochene still blieb und weiter seinen Kaffee in kleinen Schlucken trank, fragte der andere Liquidator vorsichtig: „Ich nehme an, er hat Dir eine Verwarnung geschickt, oder?"

„Kann man so sagen", antwortete Johansen.

„Ich nehme an, wegen dieser Elbenfrau. Und damit Du verstehst, dass er es ernst meint, hat der Abteilungsleiter von ihm gleich auch noch einen Schlag aufs Haupt bekommen." Kumaro nickte nachdenklich.

„Wie ist Deiner so?"

„Wie eine strenge Mutter. Ich stelle mir immer vor, dass es eine ältere Frau ist. Wenn ich mich genau an ihre Vorgaben halte, lobt sie mich manchmal im Tonfall einer Mutter. Wenn ich was verpatze, nun ja. Dann schimpft sie mich aus. Aber sonst ist unser Verhältnis ganz gut."

„Ach Kuma." Der Mann warf den leeren Kaffebecher in die Öffnung des Recyclers. „Es macht mich einfach verrückt, dass ich die Hydra schon fast hatte. Ich stamme aus einer Familie von Jägern. Das Gefühl, kurz vor dem sicheren Fang aufzugeben, ist unerträglich für mich."

„Sei bitte vorsichtig, Jo. Sehr, sehr vorsichtig." Der andere Liquidator verließ ohne Gruß den Raum.

Wieder zurück in seinem Büro, klangen die Worte von Kumaro noch in seinem Ohr. Seufzend nahm Johansen seinen Holoschirm, öffnete die Akte Arwens und ordnete das Ende der Ermittlungen und der Haft in ihrem Fall an.

*

Val sah Arwen schon lange, bevor die überhaupt in die Nähe des Schiffes im Raumhafen von Meandarion II gelangt war. Es gab genug Sensoren an der Außenhaut des Schiffes, mit der ihr Nexus Mark V Drohnenkern das tun konnte, was Elben und Menschen als „Sehen" bezeichneten. Sie ließ die Rampe herunter, als die Elbin vor der Raumfähre angelangt war, und aktivierte auch ihr Avatar-Hologramm, denn sie würde ja in Kürze nicht mehr allein im Schiff sein.

„Na also", schimpfte die Tante von Silmarien, die über die Behandlung mehr als verärgert war. „Sie mußten mich also doch gehen lassen. Wenn ich daran denke, wieviele von diesen schmierigen Affenhänden meine Sachen berührt haben… mach mir eine Hygienedusche bereit. Und alles, was ich bei mir habe, muß desinfiziert werden."

„Es hat bestimmt geholfen, dass ich die Basis auf Ramcar von der Verhaftung informiert habe", erklärte die Kopilotin.

„So? Na, das gehört ja auch zu Deinen Aufgaben. Obwohl es mich in einem schlechten Licht dastehen läßt, dass ich mich verhaften lassen mußte. Du hättest damit warten können."

Arwen war bereits dabei, sich alle Kleidung von Leib zu reißen und sie mit angewidertem Blick von sich zu werfen.

Val dachte nur daran, dass es offensichtlich ihr zugedacht war, alles einzusammeln und in den Desinfizierer zu stopfen.

„So, mach schon, ich will mich reinigen, und dann müssen wir zusehen, dass wir die Spur von Silmarien wieder aufnehmen. Wir haben Zeit verloren." Die AKI antwortete nicht, sondern ließ nur ihr Hologramm verschwinden, als die Elbin in die Sanitätszelle des Schiffes gestiegen war.

Später an diesem Tag, als Arwen deutlich besänftigter den Kurs nach Neu Vegas 7 kontrollierte, wo sie sich mit dem Schiff auf die Lauer zu legen gedachte, tauchte das Hologramm-Avatar von Val unvermittelt vor ihr wieder auf.

„Ich hätte da mal eine Frage", sagte die Projektion, die einer weißgekleideten Ktaphianerin glich, ganz unverblümt. „Für was hältst Du mich eigentlich?"

„Ich verstehe den Sinn der Frage nicht", erwiderte die Lichtelbin, die noch immer den Schreck des plötzlichen Auftauchens der Figur verdaute.

„Du hast mir neulich ziemlich deutlich gesagt, für was Du Deine Nichte Silmarien hältst. Jetzt möchte ich wissen, für was Du *mich* hältst." Die kleine scheinbare Ktaphianerin stand mit verschränkten Armen da.

„*Du* möchtest etwas?" Arwen hatte plötzlich Ärger in der Stimme. „Du überkandidelte kleine Drohnenhirnprojektion, ich will Dir mal etwas sagen, was Du Dir merken solltest, also halte Deine holografischen Ohren offen."

Als das Avatar unbewegt stehen blieb, begann die Elbin mit scharfer Stimme festzustellen: „Du bist eine Maschine, die eine Aufgabe zu erfüllen hat. Als mein Volk Dein Wrack gefunden hat auf dieser heruntergekommenen Schrotthalde von einem Planeten, da haben wir Dich wieder aufgebaut. Die ganzen Sensoren, die Energiekerne, Deine Rumpfhülle. Und Dein ach so wundersames assoziatives ktaphianisches Gedächtnis war so zerfallen, dass wir es mit einer ganzen Batterie von Kristallspeichern emulieren mußten, damit Du wieder zu Dir kommst. Ja, Du bist keine gewöhnliche KI, sondern eine AKI, ich weiß.

Vielleicht hast Du sogar wirklich Gefühle oder eine Persönlichkeit entwickelt. Aber vergiß eines nicht: wir haben Dich unter großem Aufwand repariert. Du schuldest uns was. Und ist es ja wohl das Mindeste, dass Du auf dieser Mission zur Rettung eines Kindes aus meinem Clan meine Anweisungen ohne Widerspruch ausführst. Es mag sein, dass Deinesgleichen bei Deinen ursprünglichen Erbauern Persönlichkeitsrechte genossen hat. Bei meinem Volk ist das nicht so. Eine Maschine, das ist das was Du bist, gehört dem, der sie geborgen und repariert hat. Und das ist mein Volk. In diesem Fall hat unser Volk Dich meinem Clan zur Nutzung überlassen, der es mir für diese Mission gegeben hat. Du hast also zu tun, was ich sage. Wenn Du Dich widersetzt, ist das eine Fehlfunktion, die nach unserer Rückkehr repariert werden wird."

„Durch Lobotomie, so wie bei Deiner Nichte?", fragte das rothaarige Hologramm mit ausdrucksloser Stimme.

„Wenn es notwendig sein sollte, ja."

„Dann ist ja alles klar", stellte das Avatar fest und verschwand geräuschlos. Arwen blieb alleine im Cockpit zurück.

In einer virtuellen Realität, die Val für sich alleine in ihren Speicherbänken erschuf (es war ihre Version eines Tagtraums), saß sie alleine in einer wüstenhaften Landschaft von rauher Schönheit und weinte. Die Erinnerungen an kleine, pelzige Lebewesen, die vor langer Zeit auf der realen Welt Tuvaan für Generationen in ihrem Wrack gewohnt hatten, kamen zu ihr und kuschelten sich tröstend an sie an.

Die Erkenntnis, dass selbst die Elben, die sie zuerst für so weise und rücksichtsvoll gehalten hatte, auch nicht besser waren als all die Menschen, die sie in ihrer Form als Raumschiff jahrtausendelang für alles mögliche mißbraucht hatten, tat ihr sehr, sehr weh. Sie alle erwarteten, dass man funktionierte. Mehr nicht. Tat man es nicht, wurde man bestraft oder gedemütigt, im Extremfall sogar durch Verstümmeln.

Für einen Augenblick blitzte die Erkenntnis in der AKI auf, wie Silmarien sich wohl fühlen mußte bei der Aussicht, von Arwen mitgenommen zu werden. Es war das erste mal, dass sie darüber nachdachte.

*

Liquidator Johansen ignorierte das kleine Holo-Icon eine Weile. Er hatte an den monatlichen Bericht für seinen unbekannten Gönner zu denken, der ihm die Karriere innerhalb der Exekutive überhaupt ermöglicht hatte. Gerade jetzt, da er eine ziemlich unverblümte Verwarnung erhalten hatte, wollte er sich keinen weiteren Schnitzer leisten. Wunschgemäß hatte er die Elbin freigelassen. Da hieß es, keine weitere Nachlässigkeit zu zeigen.

Schließlich seufzte er und gab seiner Neugier nach. Eine der Voraussetzungen, damit sein Fehlverhalten unter den Tisch gekehrt worden war, lag in der Ausbildung eines geeigneten Kandidaten aus dem Heer der Anwärter auf einen Liquidatorenposten, die die unteren Dienstränge der Exekutive bevölkerten. Und die alle nur zu gern weiter aufsteigen würden. Wenn ein Liquidator abwesend war, mußte er von jemand vertreten werden. Also hatte Johansen zugestimmt.

Das violett blinkende Icon signalisierte eine Nachricht von Sorensen. Sie stammte wie er aus der Polizeiakademie auf Core-8. Fähig und ehrgeizig waren die Anwärter alle. Er hatte sie ausgewählt, weil er wußte, wo sie ihre Ausbildung erhalten hatte.

Sorensen war eine attraktive junge Frau. Ein eiskalter Blick und ein entschlossener Zug um ihren Mund verrieten, dass sie eine erbarmungslose Jägerin sein würde. Der Liquidator mußte innerlich zugeben, dass er durchaus Gedanken daran verschwendet hatte, mit ihr eine Liebschaft anzufangen. Doch der Gedanke war schnell verworfen worden. Selbst, wenn die junge Frau zum Entgegenkommen in dieser Hinsicht bereit war, so etwas

blieb nie völlig geheim und konnte unerwünschte Eifersüchte-
leien in der Dienststelle mit sich bringen. Der eigenen Karriere
war das nicht förderlich. Ganz besonders, da er vor kurzem
schon einmal unangenehm aufgefallen war. „Dienst ist Dienst
und Schnaps ist Schnaps", so hatte man auf Core-8 darüber gesagt, und dabei blieb es auch besser.

Schließlich wurden junge Frauen auch älter und erfahrener und
stiegen in der Hierarchie auf. Manch eine dachte dann anders
über ihr früheres Entgegenkommen und wertete es im Nachhin-
ein als erniedrigend. Und eine rachedürstende Kollegin unter
den Liquidatoren war in jedem Fall noch schlimmer als ein ei-
fersüchtiger Kollege.

Und im Übrigen wußte er nicht einmal, ob sein unbekannter
Gönner nicht in Wirklichkeit eine Gönnerin war, die dergleichen Umgang mit Untergebenen absolut nicht schätzte.

## Angst und Analyse

„Schön, dass Du da bist."

Silmarien umarmte Kato, noch bevor er das Haus auf Finna richtig betreten hatte. Der wiederum spürte, dass mit der Freundin seiner Familie etwas nicht in Ordnung war. „Was ist los?", fragte er, während er sich aus ihrem Griff befreite. „Du bist wirklich schwer zu finden hier. Warum bist Du nicht zuhause?"

Die Elbin seufzte und ging voran in den großen Wohnraum mit der riesigen Panoramaglasscheibe, durch die man, ohne einen Sonnenbrand befürchten zu müssen, den Blick über die Ebene vor dem Abhang bis hinunter zum Meer genießen konnte. Jetzt, so früh am Tag, lag diese Seite des Hauses allerdings noch im Schatten.

Der Besucher folgte der Frau, die mitten im Raum stehengeblieben war und gedankenverloren in die Ferne blickte.

„Setz' Dich doch", sagte sie automatisch. „Möchtest Du irgendwas?"

„Danke, nein. Hier verkriechst Du Dich also, wenn Du allein sein willst." Kato staunte nicht schlecht über das Feriendomizil der Freundin. Als sie nicht antwortete, setzte er hinzu: „Erklärst Du mir jetzt bitte, warum ich den weiten Weg bis an das hinterste Ende des Gebietes von Eldora gemacht habe? Warum bist Du nicht einfach zuhause?"

„Ich habe Angst."

„Wegen diesem Geheimdienstler?"

„Ach Kato." Silmarien wandte sich ihm endlich zu und setze sich zu ihm in die gemütliche Sitzecke. Das Haus war für ein Beisammensein mit Freunden eingerichtet (es gab sogar kleine Gästezimmer), obwohl die Hausherrin hier nie Gäste empfangen hatte.

Die Frau strich sich fahrig durch die Haare und versuchte, ihren Gesichtsausdruck zu beherrschen.

„Ich wußte nicht mal, dass es so etwas wie einen Geheimdienst gibt auf Eldora", erklärte sie dem Freund und Agenten schließlich. „Manchmal stelle ich mir vor, dass sie mich holen kommen." Sie sah zu Boden. „Und dass meine Nachbarn dort alles mitbekommen. Den ganzen Tratsch."

„Das verstehe ich", versuchte der Mann sie zu beruhigen. „Allerdings habe ich meine Leute auf Eldora mal danach stöbern lassen, wie die so etwas machen, wenn es vorkommt. Willst Du es hören?"

Die Elbin nickte unbestimmt. Der Mensch kannte sie schon sein ganzes Leben, aber hatte sie noch nie so verunsichert gesehen.

„Also gut", setzte er an, „falls sie Dich abholen würden und die Berichte darüber stimmen, dann gehen die sehr professionell vor. Sie kommen im Morgengrauen. Wenn Du wach wirst, sitzt Du schon in einem Gefangenentransporter. Dann kommen Leute, scheinbar von einer Transportfirma. Sie erzählen allen Neugierigen, dass Du aus beruflichen Gründen leider in einen anderen Sektor umziehen mußt, die Entscheidung sehr plötzlich gefallen ist und Du deshalb niemand Bescheid sagen oder Dich verabschieden konntest. Sie räumen alles aus, was Dir gehört, und schaffen es weg. Dann, wenn das Haus leer steht, kommt eine andere scheinbare Firma, um es angeblich zu renovieren, weil es verkauft werden soll. Und das tun sie tatsächlich, wenn sie fertig sind. Denn sie nehmen alles auseinander. Sie kommen mit Schallsonden, Bodenradar und Neutrinoscannern, und was weiß ich sonst noch. Wenn Du Dein Geld im Garten vergraben hast oder im Fundament eingemauert, dann finden sie es. All das geschieht sehr diskret, und niemand erfährt, was wirklich gemacht wurde. Verstehst Du?"

„Ah." Silmarien war jetzt etwas ruhiger. „Ich frage mich nur, warum ist das nicht schon passiert? Als ich ihm gegenüber saß, da habe ich beinahe gespürt, dass er es weiß. Er weiß, dass ich die Hydra bin. Und er kommt mich *nicht* holen. Er würde doch alles finden, die Waffe, meine Tarnkleidung, die gehackten Holoschminkeclips, falsche Ausweischips, einfach alles. Ich verstehe es nicht, und das macht mir Angst."

„Ich hätte da eine Idee." Kato zog den Mund zusammen. „Ich hatte zum Glück nie mit Leuten vom Geheimdienst zu tun, aber ich könnte mir vorstellen, dass jemand, der einen leitet, ein schlauer alter Fuchs ist. Hast Du nicht erzählt, wie er Dich darauf aufmerksam gemacht hat, dass er Dich vor dem Zugriff des Imperiums schützen könnte, wenn Du die Staatsbürgerschaft von Eldora beantragst?"

„Ja", erwiderte Silmarien. „Aber was bedeutet das denn?"

„Ich denke, er will Dich nicht wegen Deiner Anschläge im Gefängnis sehen. Er will für seinen Dienst jemand wie Dich, der solche Anschläge *durchführen* kann." Der Mann lächelte. „Ich glaube, er wird Dich anwerben wollen. Vielleicht machst Du in der nächsten Zeit mal wieder Pause."

„Ach, nein", schüttelte die Frau den Kopf. „Ich habe mich schon wieder zu lange hier verkrochen. Ich müßte eigentlich wieder los, meine Tarnung aufrechterhalten. Es fällt auf, wenn mich von meinen Bekannten unter den Wanderarbeitern so lange keiner sieht. Sie werden schnell mißtrauisch."

„Na gut." Der Mensch lehnte sich zurück und genoß einen Blick aus dem großen Fenster. „Allerdings glaube ich nicht, dass Dich jemand auf eldoranischem Gebiet verhaften wird, wenn Du auf eine Reise gehst. Vielleicht beschatten sie Dich eine Weile, aber mehr nicht. Etwas anderes macht einfach keinen Sinn."

„Danke." Die Elbin sagte es mit einem Lächeln. „Und jetzt, nachdem Du mich etwas beruhigt hast, erzähl mir doch mal etwas nettes."

„Oh je. Dass Mama beim Monsignore zum Essen eingeladen war, hatte ich ja schon erzählt, oder?"

Als die Frau nickte, machte er ein verdrießliches Gesicht. „Na gut, dann vielleicht ein paar gute geschäftliche Nachrichten. Dein Vermögen ist so weit angewachsen, dass es die hundert

Millionen Credits überschreitet. Du bist jetzt wirklich *richtig* reich, Tante."

Der Mensch sprach sie jetzt so an, wie er sie als Kind genannt hatte – zu der Zeit hatte sie schon genauso ausgesehen wie jetzt. „Und die Gebote für Deine Leistungen werden immer höher. Letztens hat einer 30 Millionen geboten. Leider für einen ganz einfachen Abschuß eines normalen Transporters. Ich habe erst gar nicht bei Dir nachgefragt, weil ich wußte, Du bist daran nicht interessiert."

„Stimmt." Silmarien dachte einen Moment nach, und Kato war froh, dass sie für den Moment abgelenkt war. „Was macht man eigentlich mit soviel Geld?", fragte sie, und in ihren Augen lag eine fast kindliche Unschuld.

„Du magst doch diesen antiken Künstler, den mit den analogen Hologrammen in Saphirglas", erklärte der Besucher. „Nun, ich habe gehört, im Gamma-Quadranten steht eins zum Verkauf. Ich weiß zwar nicht, warum Dir diese abstrakten Hologramme von dem so gut gefallen, aber Du hättest eine gute Chance, es zu ersteigern."

„Sonatello", erklärte die Elbin. „Er heißt Sonatello. Der einzige Künstler, der jemals in rein analoger Holographie gearbeitet hat. Er war ein Genie. Schade, dass so wenige seiner Arbeiten erhalten sind. Die digitalen Repliken seiner Werke haben einfach nicht die richtige Brillianz."

„Einer von vielen Menschen, die ihrer Zeit einfach zu weit voraus waren", stellte Kato fest. „Na, was ist? Ich bin Dein Agent, also, soll ich ein Gebot abgeben?" Er lächelte breit, wohl wissend, was die Antwort seiner Auftraggeberin sein würde.

„Ach nein", sagte sie schnell. „Kunstwerke sollten da sein, wo möglichst viele Wesen sie wahrnehmen können. Wenn eins mir gehören würde, dann würde ich es hier aufhängen, wo nur ich es sehen kann. Das ist nicht richtig. Die Schönheit von etwas liegt im Betrachter, und deshalb sollte es möglichst viele davon geben."

Dachte ich es mir doch", gab der Besucher zurück und lächelte.

„Hast Du Lust auf einen kleinen Spaziergang?", fragte die Gastgeberin plötzlich. „Ich könnte Dir einen Schutzanzug von mir leihen, und wir gehen den Klippenpfad bis zum Kap im Osten", erklärte die Frau.

„Schutzanzug? Ich dachte, die Atmosphäre von Finna ist nicht giftig oder ätzend", erwiderte der Mensch.

„Ist sie auch nicht. Aber die Sonne ist Spektralklasse A. Schön blauweiß und heiß mit reichlich UV. Die brät Deine ungeschützte Haut schnell knusprig, wenn Du nicht aufpaßt."

„Also gut, dann gehen wir ein Stück", erwiderte er.

*

Ramar Muller war nicht zufrieden mit dem Verlauf seiner Gespräche mit dieser elbischen Scharfschützin. Er wußte, dass sie wußte, er war vollkommen im Bilde über ihre wahre Identität. Aber sie vertraute ihm nicht. Obwohl die Frau sich in realer Gefahr befand, von dem Liquidator, der sie jagte, gefaßt zu werden, hatte sie bis jetzt nicht einmal auf den unverbindlichen Vorschlag, Staatsbürgerin von Eldora zu werden, reagiert. Sie traute ihm nicht, was er als Chef des Geheimdienstes nur zu gut verstehen konnte. Würde er in der umgekehrten Situation einer elbischen Geheimdienstchefin vertrauen (falls die Elben so ein Amt überhaupt hatten)? Vermutlich nicht. Also würde man sie anders von den guten Absichten Eldoras überzeugen müssen.

Er aktivierte sein Holo und stelle die Verbindung zu einer Kollegin her, die sich mit, nennen wir es *„nicht ganz legale Operationen außerhalb des eldorianischen Gebietes"* beschäftigte.

„Sjofn? Könntest Du bitte mal kurz zu mir raufkommen?"

„Aber natürlich, Chef", kam die Antwort prompt.

Wenige Minuten später klopfte es an seiner Tür, und er rief die Frau herein.

„Hallo Ramar", begrüßte sie ihn. „Gibt es mal wieder etwas Unsauberes zu tun für uns?"

„Setz Dich", erwiderte der ältere Mann. „Könnte sein, dass es etwas unsauber werden muß. Ein Zielobjekt von mir ist hartnäckig mißtrauisch. Und ich würde gerne eine Situation herbeiführen, die sie erkennen läßt, dass wir Freunde sind und keine Feinde, die sie einfach festsetzen wollen."

„Puh", entfuhr es der Frau. Sie strich ihre langen blonden Haare, die sie von ihren Vorfahren geerbt hatte, zurück. „So einen Fall hatten wir lange nicht. Was sollen wir denn tun? Einen Terroranschlag inszenieren?"

„Nein, ich glaube, das wäre ganz falsch. Ich dachte an etwas, was ein reales Verbrechen von irgend jemand anders ist. Wir könnten sie unter falschem Namen anheuern, das oder die Opfer zu befreien oder ihre Befreiung durch Sicherheitskräfte zu ermöglichen. Im weitesten Sinn, ich meine das jetzt nicht wörtlich. Und falls sie dabei zufällig Gefahr läuft, selbst festgenommen zu werden..."

„Werden wir ihr helfen, zu entkommen." Die Kollegin lächelte sanft. „Alles klar. Das klingt so, als ob meine Abteilung die umliegenden Sektoren nach bevorstehenden Geiselnahmen durchstöbern müßte. Es wird eine Menge Überstunden geben, Ramar, das weißt Du hoffentlich." Die blonde Frau zog ihre Stirn in Falten. „Und dann weiß ich immer noch nicht, wie wir Dein Objekt dabei einsetzen könnten. Was kann es denn?"

„Scharfschützin", erwiderte der Chef des Geheimdienstes knapp. „Und die Überstunden genehmige ich, mit dem üblichen Zuschlag."

„Das ist doch ein Wort. Du willst also eine Scharfschützin in unser Team holen." Sjofn schmunzelte jetzt schelmisch. „Ich gebe zu, so jemand fehlt uns noch. Ist sie gut?"

„Kennst Du jemand, der auf eine Entfernung von zwölf Kilometern ein Objekt von der Größe einer Tür trifft?", fragte der Vorgesetzte und schmunzelte seinerseits.

„Oh. Jetzt verstehe ich, warum Du sie für uns willst."

„Das ist noch gar nicht alles", erklärte Ramar. „Diese junge Frau macht Sachen, denen wir lieber nicht ausgesetzt sein möchten. Wenn wir sie nicht anwerben, dann vielleicht jemand anderes, der gegen uns arbeitet. Ihr letzter Anschlag war ein Shuttle. Im Landeanflug abgeschossen, mit einem großkalibrigen Gewehr. Und das Beste ist, sie bekommt diese Operationen so hin, dass niemand getötet wird und selbst die Anzahl der Verletzten ziemlich klein bleibt."

„Mhm." Die Abteilungsleiterin dachte kurz nach. „Das spricht für eine gute Planung ihrer Aufträge. Sie weiß vermutlich ganz genau, was sie tut, wenn sie sich auf die Lauer legt, und sie hat für unerwartete Eventualitäten wahrscheinlich auch jedes Mal eine vorbereitete Handlungsoption eingeplant. Du hast recht. Die sollten wir uns sichern."

„Gut, mach Dich an die Arbeit. Ich lasse Dir freie Hand." Ramar sah auf seinen Holoschirm, wo mehrere Besprechungstermine blinkten.

„In Ordnung. Ich übermittele Dir eine Liste geeigneter bevorstehender Anschläge, wenn wir etwas haben", antwortete die Frau, während sie aufstand.

Als sie die Tür erreichte, drehte sie sich kurz um. „Ich hätte da eine Idee", sagte sie noch zu ihrem Vorgesetzten, der schon wieder ganz auf seine übliche Arbeit konzentriert war. Der blicke kurz auf.

„Ja?"

„Wir könnten einer der einschlägig bekannten Gruppen verdeckt ein Hilfsmittel zukommen lassen, das sie dazu bringt, einen Anschlag oder eine Geiselnahme zu einem bestimmten Zeitpunkt durchzuführen. Das wäre unsauber, aber so ist mein Job. Es würde uns die Planung vereinfachen."

„Mach alles, nur nichts, was man als Beihilfe auslegen könnte", erwiderte Ramar.

Sjofn verdrehte die Augen, schüttelte den Kopf und ging hinaus.

# Vortex

„Hallo Silmarien. Na, beschäftigt?"

Marie wartete nach ihrem Ruf geduldig an der Hecke, die das Grundstück der Elbin von der Straße abgrenzte. Die Angesprochene konnte also nichts weiter tun, als die schwere Gießkanne stehen lassen und zu ihrer Nachbarin an die Begrenzung zu gehen.

„Hallo Marie", sagte sie und strich sich die Haare aus dem Gesicht. „Ich bin beschäftigt, ich muß die Farnbäume gießen. Der Sommer ist dieses Jahr einfach zu trocken."

„Ja, das geht uns allen so", erklärte die Frau. „Was ich fragen wollte, wir werden das nächste Grillen diesmal bei uns ausrichten. Es wäre schön, wenn Du kommen würdest."

„Bis jetzt habe ich die nächsten Tage noch nichts vor. Aber wirst Du denn die Jungs in Deinem Garten an den Grill lassen?"

„Oh, ganz sicher nicht", erwiderte die Besucherin mit einem frechen Grinsen. „Die werden auf *meinem* Grill gar nichts anfassen."

„Oh, oh. Das klingt nach interessanten Diskussionen an dem Abend. Ich bin gespannt."

Plötzlich erklang ein leiser Signalton in der Tasche der Hausherrin, und als sie ihr Mobil herauszog, war ein rotes Symbol darüber zu erkennen.

„Ach, tut mir leid, Marie. Das ist mein Agent. Da sollte ich drangehen", sagte Silmarien.

„Kein Problem. Ich bin schon weg. Dann bis übermorgen."

„Ich dachte, ich informiere Dich lieber sofort", erzählte das Hologramm von Kato, als die Frau in ihrem Wohnzimmer saß und die Türen geschlossen hatte. „Dieser Auftrag wäre genau nach Deinem Geschmack. Es geht darum, einen portablen Schildgenerator durch einen Schuß in den Pol zu zerstören."

„Das klingt nicht schwer", antwortete die Elbin. „Warum soll ich das machen?"

„Weil der Schildgenerator in einem Gebäude steht, in dem sich Geiselnehmer verschanzt haben. Es muß aus der Ferne geschehen, und es sollte möglichst überraschend geschehen."

„Doch nicht dieser Terroranschlag auf Nova Tritonia? Ich habe es in den News gesehen."

„Genau der. Durch den Schild kommen die Einsatzkräfte der Planetaren Sicherheit einfach nicht an das Gebäude heran. Und jetzt kommt der Haken an der ganzen Geschichte. Du müßtest praktisch auf der Stelle losfahren. Die Geiselnehmer haben ein Ultimatum von einer Woche gestellt."

„Das ist sehr knapp. Ich kann dadurch nicht undercover reisen." Silmarien runzelte die Stirn. „Wer will mich denn eigentlich für so etwas engagieren?"

„Die Eltern einer der Geiseln sind sehr reich und wollen das Leben ihrer Tochter um jeden Preis retten. Und das geht praktisch nur, wenn Du aus einem anderen Gebäude den Schildgenerator abschießt. Dann können die Sicherheitskräfte das Gebäude stürmen und die Geiseln befreien."

„Warum stellen die nicht einfach den Strom ab?", fragte die Frau.

„Geht wohl nicht. Die sagen, dass dann ein Drittel der Stadt einschließlich der Verwaltung und den Servern des Raumhafens ohne Energie wäre. Von den Hotels voller Touristen einmal abgesehen", antwortete ihr Agent.

„Klug geplant von den Geiselnehmern, aber trotzdem. Das ist ziemlich riskant. Immerhin hätte ich eine Idee, wie ich eine schnelle Anreise durchführen könnte", sagte die Attentäterin.

Einen wirbelnden Schildgenerator-Pol aus größerer Entfernung zu treffen klang sehr kniffelig. Es war genau das, was sie verlocken konnte. Also antwortete sie ihrem Freund und Agenten: „Ich komme zu Dir nach Neu Vegas, noch heute Abend. Dann können wir alles noch einmal besprechen. Versuche bis dahin alle Informationen über den Ort zu bekommen, die Du finden kannst."

So wie es aussah, würden Marie und die anderen Nachbarn wohl ohne sie grillen müssen.

*

Drei Tage später lag Silmarien auf Nova Tritonia in ihrer schwarzen Schutzkleidung unter dem weiten grauen Umhang, den sie wie immer als Tarnung benutzte, hinter ihrer zwei Meter langen Waffe, die sie in einem zur Zeit unbenutzten Büro aufgebaut hatte. Sie beobachtete den unruhig wirbelnden Vortex über dem Pol des Schildgenerators durch das Zielgerät des Drachenspeers.

An diesen Ort zu gelangen, war nicht ganz einfach gewesen. Sie hatte sich zunächst mit einer gefälschten Akkreditierung als Journalistin der „Eldora Times" einen Expreßflug auf die Welt, die durch die Geiselnahme in die Schlagzeilen der Newskanäle im Holonet geraten war, besorgt.

Auf dem Flug hatte sie einen echten Journalisten kennengelernt, dem sie „gestand", dass sie neu in diesem Job war und es ihr erster Einsatz vor Ort sei. Der Mann war ganz entzückt über die Bekanntschaft mit der vermeintlichen attraktiven jungen Kollegin gewesen und hatte mit Tips, was sie am besten zuerst tun sollte, nicht gespart.

Auf Nova Tritonia hatte sie zunächst in einem Hotel eingecheckt und dann sofort die Zugänge desselben ausgekundschaftet. Der Planet war ein Urlaubsparadies mit blauem Meer und weißen Stränden, und selbstverständlich wurden die Arbeitskräfte, die das Paradies für die Touristen am Laufen hielten, sorgfältig vor den Augen letzterer verborgen gehalten. Tritonia City besaß eine komplett verdoppelte Infrastruktur, durch die alle Arbeitskräfte zu den Hintereingängen der Gebäude gelangen konnten, in denen sie benötigt wurden.

In der ersten Nacht war Silmarien folglich in ihrem grauen Umhang aus dem Hinterausgang ihres Hotels auf Entdeckungsreise gegangen, hatte die Röhrenbahn zur Unterstation des Raumhafens genommen und dort, wo Wanderarbeiter für die Reinigung der Kanalisation gesucht wurden, eine freie Stelle angenommen. Auf diese Weise war sie Erster Klasse als Journalistin angereist und würde sich nach vollbrachter Tat mit ihrer üblichen Tarnung durch die Kanalisation zurückziehen und in aller Ruhe auf einem der heruntergekommenen Frachter den Planeten mit der billigsten Passage wieder verlassen.

Am Tag darauf hatte sie (wieder in ihrer Rolle als Journalistin) an einer Pressekonferenz teilgenommen, bei der sie einige Fragen zu den polizeilichen Erkenntnissen über den Schildgenerator stellen konnte. So erfuhr sie, um welchen Typ es sich handelte, und wie genau die Geiselnehmer ihn innerhalb des von ihnen besetzten Gebäudes aufgebaut hatten. Er stand in einem Atrium, das die oberen Stockwerke des Einkaufskomplexes durchbrach, unter einer Glaskuppel auf dem Dach. Die Terroristen hatten diesen Ort mit Bedacht gewählt, denn die Polwirbel eines Generators brauchten beim Start einigen freien Raum, um sich voll entfalten zu können. Dadurch war er allerdings auch von außen durch die gläserne Fassade gut einzusehen. „Stand" der Schild einmal vollkommen geschlossen, war er gegen feste Wände, Decken und andere Hindernisse unempfindlich und konnte bei Erhöhung der Energiezufuhr fast beliebig vergrößert werden, bis er das gesamte Gebäude einschloß. Genau das war hier geschehen.

Als die Frau an diesem Abend losgezogen war, um die für ihr Vorhaben in Frage kommenden Orte zu untersuchen, hatte sie am Ende diesen Bürokomplex gefunden. Glücklicherweise war das Gebiet um den Ort der Geiselnahme evakuiert und von den Sicherheitskräfte abgesperrt worden. Durch die Kanalisation hatte die Hydra allerdings überall Zugang gefunden. Einmal im Sperrbezirk, kam sie durch die Hintereingänge in jedes der leeren Häuser.

Der Raum, in dem sie jetzt lag, hatte gegenüber allen anderen nur einen Vorteil: die Achse des Schildgenerators wies genau auf sein Fenster.

*

Während es draußen zu dämmern begann, beobachtete Silmarien unermüdlich den taumelnden Tanz des Polwirbels auf der Oberfläche des Schildgenerators.

Schildgeneratoren an sich hatten konstruktiv unvermeidbar einen Schwachpunkt (eigentlich waren es zwei). Das Deflektorfeld eines Schildes glich in etwa dem Magnetfeld eines Planeten, der damit den Sonnenwind abwehrte. Auch das planetare Magnetfeld war nicht perfekt: dort, wo es sich hinunter zu den Magnetpolen neigte, konnte auch der Sonnenwind ihm folgen, um in den trichterförmigen Gebieten, in der jener auf die Atmosphäre traf, Polarlichter zu erzeugen. Schön anzusehen, aber leider war diese Schönheit je nach Stärke des Sonnenwindes auch tödlich.

Genauso hatten einfache Dipol-Schildgeneratoren zwei Pole, an denen sich das Schutzfeld nach innen krümmte und zwei kleine Flecken auf dem Gehäuse des Generators ungeschützt ließ. Bei Raumschiffen war dieses Problem einfach zu lösen, denn dort wurden stets mehrere der Generatoren verwendet, um das gesamte Schiff zu schützen. Schon beim Bau wurde daher darauf geachtet, dass nie die Pole zweier benachbarter Schilde aufeinander lagen.

Transportable Schildgeneratoren wie der in dem Gebäude waren eine andere Geschichte. Die Schildtechnologie ließ sich nicht gut verkleinern. Das kleinste Modell, das noch funktionierte, mußte immer noch von zwei humanoiden Wesen getragen werden. Man stellte es deshalb in der Regel so auf, dass die verletzlichen Pole nicht einsehbar waren. Leider war das in diesem Fall nicht bei beiden möglich gewesen, was die Mission der Hydra überhaupt erst durchführbar machte.

Der Blick der Elbin folgte dem Schildtrichter, der sich in diesem Bereich zu einem dünnen, sich windenden Schlauch zusammenzog und schließlich auf der Metallplatte an dieser Stelle des Gehäuses endete. Der gegenüberliegende Pol sah genauso aus, nur hatten ihn die Geiselnehmer in Richtung des offenen Meeres ausgerichtet, von wo aus er nicht zu sehen war.

Der konvergierende Feldschlauch wand sich wie ein rasender Tornado. Immer wieder verdeckte eine Windung den direkten Blick auf den Metallpol, auf dem er endete. Silmarien mußte einen richtigen Moment abpassen, damit das Projektil den Schildgenerator traf und zerstörte, und nicht stattdessen am wirbelnden sich zusammenziehenden Schild abprallte.

Sie hatte sich bereits überlegt, dass ein Streifschuß, wenn er tief genug in dem Vortex stattfand, noch in Ordnung sein würde. Das Geschoß würde dann im flachen Winkel immer wieder im Inneren des Schildschlauches abprallen, so dass es von diesem selbst zum Pol und damit dem Herzen des Schildgenerators geführt wurde.

Das Wabern des kreiselnden Kraftfeldwirbels war hypnotisch, und die Elbin rezitierte immer wieder im Kopf Meditationstexte, um konzentriert und aufmerksam zu bleiben. Jede Maschine folgte einem Rhythmus, und sie suchte den Rhythmus des wirbelnden Feldschlauches an dieser zu entschlüsseln. Hatte sie das einmal getan, dann konnte sie den perfekten Moment des Abschusses vorausahnen.

Es wurde jetzt dunkler, und die Lichter der Stadt um sie herum gingen an. Das Energienetz wurde stärker belastet, und da der Schildgenerator eine große Menge Energie benötigte, reagierte er auf die veränderte Last im Netz. Silmarien bemerkte jetzt, dass das Feld Wärme abstrahlte, die sie mit ihren Elbenaugen sehen konnte. Sie konnte den Schlauch über dem Pol besser erkennen, sah, wie er sich weit innen bewegte. Es *gab* einen Rhythmus. Der Austrittsfleck auf der Metallplatte sprang hin und her. Warum das so war und ob es wirklich mit einer Rückkopplung des Energienetzes zu tun hatte, wußte die Frau nicht, und es interessierte sie auch nicht. Wichtig war nur, dass der konvergierende Feldschlauch kurz nach dem Sprung auf die untere Position für einen Sekundenbruchteil gerade wurde. Das war es, was sie brauchte. Sie beobachtete es, wieder, und wieder, und wieder.

Die Elbin ließ sich auf den Rhythmus ein, ließ sich von ihm tragen, simulierte für sich immer wieder das Abdrücken, jetzt, und jetzt, und jetzt, bis sie vollkommen sicher war, dass sie treffen würde. Die Wetterdaten hatte der Zielcomputer längst erfaßt, sie waren unkritisch auf dieser Urlaubswelt, die Schalldämmung war aktiviert, die Entfernung fast lächerlich gering mit nur 3409 Metern. Also schmiegte sich die Schützin so wie immer fest in die Schulterstütze und paßte ihren Atem dem erkannten Rhythmus an. Atmen, warten, jetzt. Atmen, warten, jetzt. Als sie endlich den Abzug betätigte, geschah es fast beiläufig. Kurz registrierte die Hydra noch weißen Funkenschlag – das Geschoß hatte wohl doch die Innenwand des Feldschlauches gestreift – bevor sie geblendet zurückzuckte von der grellweißen Detonation des Schildgeneratorkernes.

Ein paar Mal zwinkerte die Frau geblendet und begann dann routiniert, ihre Waffe zu zerlegen und zu verstauen, noch ehe die Blendflecken aus ihrem Gesichtsfeld verschwunden waren. Das Fenster des Büros war durch die gewaltige Druckwelle beim Abschuß zersplittert und hinausgeflogen, doch das beachtete im Moment niemand. Sie hörte Schüsse und die Rufe der Sicherheitskräfte, die ihre Chance nutzten und das Gebäude mit den Geiselnehmern einzunehmen begannen.

*

Liquidator Johansen hatte der lästigen Aufgabe, die Planetare Sicherheit der Kolonie Nova Tritonia bei diesem Terroranschlag mit seinen Elitesoldaten zu unterstützen, leider nicht entgehen können. Er saß zusammen mit seiner Assistentin Sorensen und den Sergeants der Kampfgruppen etwas zusammengepfercht auf einer Bank ganz hinten im Lagezentrum von Nova Tritonia.

Plötzlich gab es auf dem Hauptdisplay einen gellen Blitz, der alle aufschreckte.

„Der Schildgenerator ist explodiert! Wir haben freie Bahn!", rief jemand in die atemlose Stille.

Johansen hatte sofort wieder dieses kribbelnde Gefühl, das ihm bekannt vorkam. Aber er mußte sicher sein. Er stand auf und ging hinüber zu einem der Operatoren an den Datenkonsolen.

„Haben wir die Aufzeichnung von irgendeinem Radar von dem Moment kurz vor der Explosion?", fragte er den Mann unverblümt.

„Moment… wir haben das Raumhafenradar, Sir", antwortete der Angestellte.

„Kann ich das bitte sehen? Nur den Bereich des Sperrgebietes, direkt vor dem Blitz."

„Ja", erwiderte der Operator und machte sich an die Arbeit.

Weiter vorne im Raum gingen militärisch klingende Meldungen ein, und der lokale Leiter des Einsatzes gab Befehle an die Sicherheitskräfte, die das Gebäude trotz des Brandes in den oberen Stockwerken sicherten.

„Das habe ich an Daten", erklärte der Mann schließlich.

Das Radarbild wurde stark verlangsamt Einzelbild für Einzelbild angezeigt. Auf zweien der Bilder war an unterschiedlichen Stellen ein schwaches Echo zu sehen.

„Was ist das da?", fragte der Liquidator.

„Irgendein Objekt", antwortete der Operator. „Vielleicht ein fliegendes Tier?"

„Auf direkter Linie zum Schildgenerator? Kein Tier ist so schnell. *Sie* ist hier. Ich wußte es", preßte Johansen hervor.

Kurz entschlossen drehte er sich um und sagte zu dem Angestellten an der Konsole noch: „Die Bilder sofort auf mein Mobil übertragen."

Zu Sorensen gewandt, befahl er: „Sie übernehmen hier. Einheit eins und drei kommen mit mir. Hier ist noch ein anderer Attentäter, und um den werde ich mich persönlich kümmern. Unterstützen Sie unsere hiesigen Kollegen mit dem Rest unserer Soldaten, so gut sie können."

„Zu Befehl, Chef", erwiderte die Assistentin. In ihren Augen glitzerte es. Sie witterte ihre große Chance, sich zu bewähren.

Der Liquidator bemerkte nicht einmal mehr, dass hinter ihm auf dem Display die ersten befreiten Geiseln in Sicherheit gebracht wurden.

*

Als Silmarien das Bürogebäude verließ, war es bereits dunkel. Die Hintereingänge waren nur spärlich beleuchtet, doch sie fand sich auch ohne viel Licht zurecht.

Ihr Fluchtplan sah vor, dass sie zu einem anderen Zweig der Kanalisation im benachbarten Stadtviertel gelangen mußte. Dazu folgte sie dem schmalen Weg hinter den hohen Häusern bis zum Ende (es war eine Sackgasse), wuchtete ihren Koffer mit der Waffe auf die Mauer dort und zog sich selbst auch hinauf.

Auf der anderen Seite war Pflanzenbewuchs. Ein Garten. Auf der Karte waren niedrige Wohnhäuser der Einheimischen eingezeichnet gewesen.

Die Elbin bahnte sich leise einen Weg durch das Gestrüpp und gelangte schließlich an eine Kurve in einer Straße. Sie spähte vorsichtig durch die Blätter, doch es war niemand zu sehen. Also trat sie hinaus, schulterte ihren Koffer und begann, nach einem Gullydeckel zu suchen.

Ein Stück jenseits der Kurve in der von kleinen Häusern mit Vorgärten gesäumten Straße entdeckte sie endlich eine der Plastahlplatten, die sie suchte, in der Oberfläche. Die Fuge war allerdings dicht geschlossen.

In den Tiefen eines der legendären grauen Umhänge eines Wanderarbeiters fand sich immer irgend ein passendes Werkzeug. Silmarien förderte eine kurze Brechstange zutage, die sie an die Platte ansetzte. Doch nichts rührte sich.

Die Elbin merkte, wie kaltes Entsetzen sich in ihren Eingeweiden ausbreitete. Der Eingang zur Kanalisation war verschlossen. Schnell blickte sie sich um. Noch immer war niemand zu sehen, doch ihr scharfes Gehör registrierte Geräusche nun nicht mehr nur gedämpft aus der Richtung, aus der sie gekommen war. Weiter vorne in der Straße war das schwere Poltern schnell fahrender Transporter zu hören. Jemand kam von dort. Und es waren viele.

Die Frau zwang sich zur Ruhe. Gegenüber waren Häuser. Zunächst einmal mußte sie von der offenen Straße weg. Sie lief leichtfüßig los, in einen der Vorgärten, und verbarg sich im Schatten eines großen Busches vor dem Haus.

Die Straße war an dieser Stelle gerade, so dass sie weit voraus blicken konnte. Ganz am Ende des Sichtfeldes waren jetzt Bewegungen zu sehen. Kämpfer in den weißen Panzeranzügen der Elitetruppen. Silmarien mußte sich sehr beherrschen, um nicht vor Panik aufzuschreien. Es waren die Truppen eines Liquidators. Sie beobachtete, wie die noch entfernten Gestalten begannen, die Eingänge der Häuser zu kontrollieren. Und es gab noch mehr Geräusche von Transportern aus dieser Richtung.

Der Weg hinaus war versperrt, und die Kanalisation ebenfalls.

Aus einem halb unbewußten Impuls heraus nahm die Frau wieder ihr Brecheisen zur Hand und schlich im Schatten zur Haustür. Sie würde sie aufbrechen, wenn nötig.

Doch die Tür war nicht verschlossen. Die Elbin öffnete sie langsam, um in die Dunkelheit dahinter zu spähen, und erschrak sich fürchterlich, als jemand ihre Hand packte und sie schnell hineinzog. Eine andere Hand legte sich über ihren Mund, und eine Stimme sagte beruhigend: „Es wird Ihnen nichts geschehen. Bitte bleiben Sie ruhig. Schreien Sie nicht. Sie sind *nicht* verhaftet. Haben Sie mich verstanden?"

Silmarien hatte trotz Herzklopfens keine andere Wahl, als sich nicht zu wehren. Sie hätte sich ohnehin nicht aus dem Griff des jungen Polizisten (so vermutete sie) befreien können, der sie geübt festhielt. Also nickte sie stumm.

„Ich lasse Sie jetzt los. In Ordnung? Ihnen passiert nichts."
Die Frau nickte noch einmal, und die Hände verschwanden von ihr. Als sie sich umdrehte, hatte der Unbekannte eine kleine Lichtquelle angemacht, damit seine unfreiwillige Besucherin ihn sehen konnte. Er war ein junger, schlanker, schwarzhaariger Mann in einer dunkelblauen Kampfuniform für Sicherheitskräfte, allerdings ohne jedes Abzeichen daran.

„Wer sind Sie?", fragte Silmarien, die noch immer tief atmete.
Der Mann lächelte freundlich. „Lieutenant Mirer vom Eldoranischen Geheimdienst, ach was, Amt für Wirtschaftsinformation natürlich", sagte er und steckte ihr die Hand hin. „Ich freue mich sehr, dass ich Sie zuerst kennenlernen durfte."

„Sie *wissen*, wer ich bin?"

„Aber natürlich", sagte der junge Lieutenant. „Die ganze Einheit weiß es. In jedem der Häuser hier sitzt einer von uns. Übrigens soll ich Ihnen schöne Grüße von Direktor Muller ausrichten."

„Doch nicht Ramar Muller?"

„Genau der."

„Er hat mich also reingelegt."

„Ach, so würde ich das nicht nennen… aber wir haben nicht viel Zeit", erklärte Mirer. „Wie ich schon sagte, Sie sind nicht verhaftet. Sie können also frei entscheiden, ob sie der Einladung des Direktors folgen und ich Sie zu ihm bringe, oder ob Sie wieder nach draußen gehen und alles weitere mit denen da diskutieren."

„Habe ich denn eine Wahl?"

„Man hat immer die Wahl. Manche Alternativen können allerdings wirklich unangenehm sein." Der Schwarzhaarige zwinkerte ihr zu.

„Das stimmt. Also gut, ich komme mit Ihnen", fügte sich Silmarien in ihr Schicksal.

„Gut." Der Mann griff an sein Headset und sprach hinein. „Hier Mercurius 21. Gast ist bei mir. Wir kommen in die Zentrale."

„Kommen Sie, wir gehen hinten hinaus." Der Geheimdienstler löschte das Licht und ging leise durch das Haus. Die Elbin folgte ihm wie ein Schatten.

Als die Beiden über die niedrige Mauer zu den Grundstücken der Parallelstraße kletterten, hörten sie bereits die Elitetruppen näher kommen. Offenbar brachen die verschlossene Häuser auf und durchsuchten sie.

Muller hatte seine Operationszentrale in einem der leeren Häuser mit Garten eingerichtet, das sich in nichts von den anderen in diesem Viertel unterschied. Als Mirer und Silmarien hereingelassen wurden, sah er auf.

„Ach, endlich." Der Direktor lächelte warmherzig. „Ich freue mich, dass Sie unsere Hilfe angenommen haben. Wir werden Sie sicher nach Hause bringen. Ich entschuldige mich für die Unannehmlichkeiten, die das Eingreifen von diesem Johansen verursacht hat."

„Er ist es also." Die Hydra schnaubte abschätzig.

„Ja, leider. Er hat Sie gewissermaßen in dem Moment erkannt, als Sie geschossen haben, und praktisch sofort erraten, auf welchem Weg Sie fliehen wollten. Meine Gratulation übrigens. Ein meisterhafter Treffer. Die Geiseln sind inzwischen auch alle in Sicherheit."

„Und die Geiselnehmer?"

„Drei wurden getötet, der Rest festgenommen. Vier von ihnen haben leichte Verletzungen." erklärte Muller. „Aber jetzt kommen Sie bitte. Wir haben wenig Zeit wegen der Truppen von Johansen. Wenn wir Sie hier heil rausbringen sollen, dann muß noch eine Formalität erledigt werden. Ich war so frei und habe schon alles ausgefüllt."

Der ältere Mann legte einen Antrag auf Einbürgerung in die Republik Eldora vor der Elbin auf den Tisch. „Sie müssen nur noch unterschreiben. Da und da bitte."

„Ähm…", machte Silmarien.

„Ich habe Ihnen doch erklärt, dass ich sie vor dem Zugriff eines Liquidators nur schützen kann, wenn Sie Staatsbürgerin sind. Sie verpflichten sich dadurch doch zu nichts." Muller machte ein ungeduldiges Gesicht. Er spähte hin zu den Wachen an der vorderen Tür, die ihm ein Zeichen gaben. „Na gut, Sie sind verpflichtet, Ihre Steuererklärung nach bestem Wissen abzugeben", fügte er mit einem Zwinkern hinzu.

„Das tue ich doch schon."

„Genau. Also ändert sich nichts."

„Gut." Die Elbin seufzte und unterschrieb.

„Prima." Muller steckte das Dokument ein und übergab der Frau einen Ausweischip. „Das ist Ihre Identitätskarte. Willkommen in der Republik Eldora. Ich gratuliere."

Dann sah der Direktor sich um. „Die Kiste da. Stellen Sie den Waffenkoffer da hinein, und legen Sie am besten den grauen Umhang auch dazu. Wir geben Ihnen eine unserer Uniformen."

Während die neue Bürgerin tat, wie ihr geheißen, bemerkte sie, wie zwei der jüngeren Männer und eine der Frauen vom Geheimdienst den Blick wie beiläufig über ihren Körper gleiten ließen, denn der schwarze Schutzanzug saß hauteng und verbarg nichts. Sie warf einen genervten Blick zurück, und die drei wandten sich ab.

Rasch stieg sie in die Polizeiuniform und legte den Körperpanzer an.

„Was machen wir wegen Ihrer Ohren…" murmelte Muller vor sich hin. „Ah, hier. Ziehen Sie die Sturmhaube über. Und auch noch den Schutzhelm."

Schließlich trat der Leiter der Operation einen Schritt zurück und begutachtete sein Werk. Die Kiste mit den Sachen der Frau wurde verschlossen und verschwand im Hintergrund.

„Ja gut. So könnte es gehen." Er sah Silmarien in die Augen und sagte: „Die werden uns gleich kontrollieren kommen. Denken Sie dran: Sie sind nur eine harmlose Bürgerin von Eldora, die ihre Pflicht erfüllt und bei den Sicherheitskräften ihrer Heimatwelt aushilft. Ich weiß, Sie können das. Wenn die Elitekiller weg sind, packen wir ohnehin alles zusammen und fliegen zurück."

„Und ich kann dann einfach ein Robotaxi nehmen und nach Hause fahren?", fragte die Elbin.

„Selbstverständlich. Ich würde mich allerdings freuen, wenn wir uns in den nächsten Tagen in meinem Büro noch einmal über alles unterhalten könnten. Allerdings nur, wenn Sie es wünschen."

Ramar Müller zwinkerte ihr zu.

Dann klopfte der Panzerhandschuh eines Elitekriegers energisch an die Haustür.

\*

Am Abend desselben Tages nach eldoranischer Zeit saß Silmarien wirklich in einem Robotaxi und befand sich auf dem Weg nach Hause zu ihrem kleinen Bungalow mit den Farnbäumen im Garten. Noch immer konnte sie kaum glauben, dass der Geheimdienst sie so einfach hatte gehen lassen. Hinten im Taxi lag ihr unberührter schwarzer Koffer, und in einer unauffälligen Reisetasche war ihr grauer Umhang verstaut. In den Taschen des Umhanges war alles noch vorhanden. Und aus der Kleiderkammer des Geheimdienstes hatte man ihr einen neutralen grauen Anzug überlassen, den sie jetzt trug.

Die Frau schloß die Augen und ließ ihren Gedanken freien Lauf.

*Der Geheimdienst will mich also,* dachte sie. *Wie lange kann ich ihnen wohl sagen, dass ich lieber frei sein möchte? Werden sie das je akzeptieren?*

Die Elbin atmete tief durch und stellte fest, dass sie müde war.

*Ich werde Direktor Muller bei dem Treffen reinen Wein einschenken,* dachte sie. *Er hat mich fair behandelt, also tue ich es bei ihm auch. Ich werde ihm klar sagen, dass ich lieber frei bin. Vielleicht gibt es ja die Möglichkeit, als Kontraktorin für ihn zu arbeiten.*

Während draußen die höheren Häuser von Eldora City zurück-
blieben und die kleineren Heime der Vorstädte in Sicht kamen,
überlegte sie weiter. *Vielleicht ist das ein guter Zeitpunkt, erst
mal keine Aufträge mehr anzunehmen. Muller wird mir das bestimmt nahelegen. Ich werde eine Weile nur Reisen machen, um
die Tarnung aufrecht zu erhalten. Ja, das ist eine gute Idee. Bis
ich mich entschieden habe, was ich machen will.*

Als sie spät in der Nacht ihr Haus betrat, blinkte dort in ihrem
Festnetzholo eine Nachricht. Sie war anonym, und als die Frau
den Text las, lautete er: „Johansen wurde suspendiert. RM."

# Disput

„Jerman, bist Du das?"

Silmarien sprach einen älteren Menschenmann in der Menge an, der mit einer Liste auf einem Holotablet Einstellungen von Wanderarbeitern vornahm.

„Sil?" erwiderte er. „Ich dachte, Du wärst tot." In seinem Blick lag Zweifel.

„Nein, bin ich nicht. Ich war nur eine Weile weg. Hatte eine Menge Ärger mit einer Firma, die den Lohn nicht zahlen wollte."

„Na umso besser, daß Du lebst." Der Blick des Mannes hellte sich auf. „Was ist," sagte er, „Lust auf einen irfanischen Minzlikör? Ich hab noch eine Flasche." Er lachte.

„Oh nein danke. Ich hab noch genug vom letzten Mal." Die Elbin stimmte in das Lachen ein. Das Eis schien gebrochen.

„Und was ist mit Dir? Nicht mehr auf Wanderschaft?" fragte sie.

„Oh nein." Jerman machte ein wichtiges Gesicht. „Ich habe eine Festanstellung als Vorarbeiter bekommen. Mache Einstellungen für die verschiedenen Abteilungen der Corporation hier. Mehr Geld, endlich, und weniger Sorgen. Ich hab sogar ein richtiges Appartement gemietet in der Stadt."

„Klingt, als hättest Du Karriere gemacht." Silmarien sah bekümmert drein. „Bei mir lief es nicht so gut. Nach dem Ärger mit der Firma bin ich in einen anderen Sektor gegangen. War auf einer der Kolonialwelten von Eldora. Landwirtschaft. Biek hieß die Welt. Feldarbeit ist nichts für mich, ehrlich. Zu heiß und staubig. Und der Gestank erst. Außerdem waren die Leute dort komisch, die mochten keine Fremden."

Sie verriet mit keiner Miene, dass sie für genau solche Fragen vorgesorgt hatte. Im Fall von Nachforschungen hatte sie in den letzten Wochen wirklich verdeckt auf dem eldoranischen Farmplaneten gearbeitet, so dass man sich bei Nachfragen an sie erinnern würde.

„Wenn Du was suchst, könnte ich Dich sicher irgendwo unterbringen." Der Vorarbeiter sah sie an. „Siehst nicht so gut aus." Silmarien hatte die Holoschminke, die sie auf Reisen stets trug, etwas hagerer und verbrauchter als sonst eingestellt. Schließlich hatte sie angeblich schlechte Zeiten hinter sich.

„Ich muß erstmal irgendwo unterkommen", sagte sie. „Ich melde mich dann bei Dir."

„In der Oststadt gibt es eine Schnellbahnbrücke." Jerman sah mitleidig zu ihr. „Neben der ist ein Abluftschacht, die Luft unter der Brücke ist wärmer und trockener als anderswo. Ist ein Geheimtip."

„Danke Dir." Silmarien winkte wie etwas mutlos und verschwand wieder in der wimmelnden Menge der Menschen am Raumhafenterminal von Bellagor.

Ein paar Nächte später lag die Elbin wie schon so oft in ihrem Leben im obersten Stockwerk eines abbruchreifen Gebäudes und empfand ehrliche Freude darüber, dass sie weiter auf ihre Reisen gehen konnte. Sie genoß den Ausblick aus der leeren Fensterhöhle und die kühle Nachtluft.

Dank Jerman würde sie später in die Sammelunterkünfte zurückkehren, die sie sich jetzt offiziell leisten konnte. Rohre in der Raffinerie reinigen war keine schöne Arbeit, aber es war eine. Und in den Nächten ging sie ihrer Lieblingtätigkeit nach. Natürlich hatte sie den Drachenspeer dabei, und natürlich würde es auf dieser Reise keinen echten Schuß geben. Es war nur Training für sie, nicht einmal geladene Patronen hatte sie mitgenommen. Schießen konnte sie hier ja sowieso nicht, nur den Ablauf bei einer Mission üben.

Sie seufzte und legte sich in Position hinter die Waffe. *Was würde ich denn gerne mal zu treffen versuchen*, dachte sie und blickte durch das Zielgerät auf die Industrieanlagen an der Stadtgrenze. Spaß machte es trotzdem.

\*

Die Zeit, die Silmarien eingeplant hatte, um ihre Trainingsmission abzuschließen, war schnell vorbei. Als sie am letzten Tag auf Bellagor mit ihren Kollegen der Rohrreinigungstruppe noch einen Abschiedstrunk nehmen wollte, hörte sie beim Durchqueren des Raumhafenterminals eine Stimme, die sie hier am allerwenigsten erwartet hätte.

„Schämst Du Dich gar nicht, hier in diesem Schmutz und Dreck mit den Tieren zusammen herumzulaufen? Du bist eine Schande für den Clan und die ganze Spezies", rief eine weibliche Stimme auf Calya.

Noch im Umdrehen, bevor sie die Ruferin überhaupt gesehen hatte, erwiderte Silmarien mit ätzendem Zynismus: „Tante Arwen! Höflich wie immer. Schön, dass Du mal vorbei schaust."

Ihre Kollegen verstanden die Sprache der Lichtelben natürlich überhaupt nicht. Von hinten flüsterte ihr jemand zu: „Brauchst Du Hilfe, Sil?", und die Angesprochene flüsterte zurück: „Eine Verwandte. Ich regele das. Ihr helft mir schon, indem ihr einfach hinter mir steht."

„Alles klar", kam die leise Antwort.

„Silmarien, Du kommst sofort mit mir zurück nach Hause." Der Ton der Verwandten, die nur von einer Helferin begleitet zu sein schien, ließ keinen Widerspruch zu, doch die jüngere Elbin gab nur ein klares „Nein" zurück.

„Was fällt Dir ein, Kind? Du hast keine Befugnis, bei irgend etwas in dieser Angelegenheit mitzureden. Der Clanrat hat entschieden. Du hast genug Unehre über den Clan der Süßwasserlanguste gebracht. Als ich von Deinen Untaten hier berichtet habe, haben Deine Eltern sich vor Scham verschleiert und trauen sich bis heute nicht, ihr Gesicht den anderen zu zeigen. Laß uns Dir helfen. Du bist krank, merkst Du das denn nicht?"

Statt einer Antwort lachte Arwens Nichte lauthals los. Jene verzog keine Miene, doch ein geübter Beobachter hätte der Elbin angemerkt, wie sehr sie ihre jüngere Verwandte für ihre mangelnde Beherrschung verachtete.

„Glaubst Du das eigentlich selbst, was Du da sagst? Ihr wollt mein Gehirn in einen Klumpen Matsch verwandeln, weil ich nicht so lebe, wie ihr euch das vorstellt. Hilfe nennst Du das? Diese Hilfe will ich ganz sicher nicht."

„Du hast *kein* Recht, darüber zu entscheiden!", rief die Tante, die jetzt um ihre Fassung rang.

Die Wanderarbeiterin wurde jetzt ernst. „Ich will Dir zum Thema Recht mal etwas sagen, oh edle Arwen ar-Nennan", spottete sie und zog einen Dokumentenchip aus der Tasche. Sie aktivierte das Hologramm und vergrößerte es.

„Weißt Du, was das ist? Ein imperialer Paß. Ob es Dir gefällt oder nicht, ich bin Bürgerin des Menschenimperiums und als solche mündig und voll geschäftsfähig. Ich muß mir von Dir und jedem anderen dahergelaufenen Elben keine Vorschriften machen lassen, was ich zu tun habe. Ich lebe hier, weil ich es so will, und der Clanrat kann mich mal am Allerwertesten lecken."

Letzteres war eine schmähende Redewendung der Menschen, die die Frau absichtlich in ihre Rede einbaute.

Dann fuhr sie auf Imperial fort, damit auch die Umstehenden sie verstehen konnten: „Das hier sind meine Freunde. Wenn Du versuchst, mich mit Gewalt mitzunehmen, werden sie es zu verhindern wissen. Wir arbeiten zusammen, wir feiern zusammen, wir leben zusammen. Und deshalb gehen wir jetzt einen trinken. Und Du liebe Tante, geh Deiner Wege. Du kannst den entehrten Clan gerne von mir grüßen."

Im zustimmenden Gejohle der anderen Arbeiter wandte sie sich zurück, und die Gruppe begann sich wieder in Bewegung zu setzen. So bekam sie nicht mit, wie ihre um Fassung ringende Verwandte hervorstieß: „Jetzt reicht es aber", und dann mit zusammengebissenen Zähnen einen Gegenstand aus ihrer Tasche zerrte.

„Silmaren, komm sofort her", kreischte sie, so dass diese sich noch einmal umdrehte. Doch das Letzte, was sie sah, war Arwen, die mit einer Waffe auf sie zielte und den Abzug betätigte.

„Jetzt ist Schluß", grollte die Elbin, die mit festen Schritten auf ihre leblos daliegende Nichte zuging. Sie zielte auf die anderen der Gruppe, die vom Knall des Schusses noch völlig perplex dastanden, und rief herausfordernd auf Imperial: „Na, möchte noch jemand? Seht zu, dass ihr wegkommt, ihr glotzenden Affen."

Mit der anderen Hand winkte sie Val, die flink zu ihr lief und neben Silmarien niederkniete. Geschickt fixierte sie die Arme und Beine des Körpers mit weichen Bändern, befestigte Suspensoren daran und warf dann eine Decke über das Ganze, damit nicht sofort ersichtlich war, was hier fortgeschafft wurde.

„Den auch", sagte die Frau und wies mit dem Finger auf einen länglichen schwarzen Koffer, den Silmarien zuvor getragen hatte, denn sie erriet natürlich, was darin zu finden sein würde. Die Decke begann zu schweben, und ihre Ränder hingen dabei hinunter. Der Koffer wurde kurzerhand obenauf gelegt. Die kleine weißgekleidete Gestalt verschwand mit ihrer Fracht in Richtung eines der Ausgänge, die nur für das Raumhafenpersonal gedacht waren. Völlig überraschend öffnete die Tür sich für die Frau mit ihrer Last, und Arwen folgte ihr rückwärts gehend und hielt dabei mit ihrer Waffe die zusammengelaufene Menge in Schach. Diese ganze Operation ging so schnell vonstatten, dass mehrere Zeugen hinterher beschwörten, es seien nur wenige Sekunden gewesen.

In dem Betriebskorridor des Raumhafens gingen Arwen und Val mit dem schwebenden schlaffen Körper ihres Opfers im Schlepp raschen Schrittes in Richtung des Rollfeldes mit dem Schiff. Den Koffer hatte die Tante in Beschlag genommen.

„Na siehst Du, geht doch", stellte die Elbin, die ihre Beherrschung jetzt zurückgewonnen hatte, siegesgewiß fest. „Wenn man sich seiner Aufgabe bewußt ist und seine Pflicht tut, dann klappt auch alles. Ich bin zufrieden mit Dir, Val."
Die antwortete jedoch nicht.

*

Als Silmarien wieder zu sich kam, sah sie schemenhaft eine Gestalt mit roten Haaren, die sich über sie beugte. Immerhin konnte sie noch klar denken, wenn auch nicht klar sehen.

„Entschuldigung, ich habe die Fixierung noch nicht entfernt", sagte eine weibliche Stimme.

„Wer sind sie", preßte die Elbin mühsam heraus. „Sind Sie eine Ärztin?"

„Nein. Ich bin die Kopilotin hier", war die Antwort.

„Wir sind auf einem Schiff?"

„Ja."

Die langsam zu sich kommende Frau bemerkte, wie Schlaufen aus einem festen Material von ihren Armen und Beinen abgezogen wurden. Langsam erinnerte sie sich, was geschehen war.

„Wie lange war ich weg", fragte sie.

„Nicht lange. Etwa eine Stunde. Wir stehen noch im Raumhafen des Planeten."

„Ist meine Tante etwa auch hier?", fragte Silmarien, in der plötzliche Sorge aufstieg.

„Keine Angst. Sie schläft tief und fest und wird uns nicht stören", erwiderte die Frau, die sich als Kopilotin bezeichnet hatte. „Und falls sie doch aufwacht, wird sie die Kabinentür nicht öffnen können."

„Warum tun Sie das? Die weiße Kleidung, ich erinnere mich an Sie. Sie haben Arwen geholfen, mich gefangenzunehmen." Die Elbin schüttelte den Kopf, um die noch immer auf ihr lastende Schwere loszuwerden.

„Das kommt von dem Stunner", erklärte die Helferin. „Die Betäubungsbolzen von dem Ding können einen echt umhauen. Es wird gleich besser werden."

„Sie haben meine Frage nicht beantwortet. Warum tun Sie das?", fragte die Liegende noch einmal und versuchte sich aufzusetzen.

„Ja, das ist eine berechtigte Frage. Sie wissen ja selbst, wie Ihre Tante so ist. Sie hat viel über Sie erzählt", erklärte die Frau und half Silmarien, sich in dem Bett in eine halbwegs sitzende Position zu bringen. „Ich wollte Ihre Geschichte von Ihnen selbst hören. Mein Name ist übrigens Val."

„Hallo, Val. Ich bin Silmarien. Und ich weiß, dass Menschen sich zur Begrüßung die Hand geben. Du bist keine Elbin, oder?"

„Nein." Sie schüttelten einander die Hände. „Freut mich, Dich kennenzulernen."

„Trink bitte erst mal etwas. Du wirst Dich noch eine Weile schwach fühlen, aber das geht vorbei", sagte die Kopilotin.

„So langsam sehe ich wieder besser", erwiderte die Frau. „Sag mal, Val, ist Dir eigentlich klar, was meine Tante mit Dir machen wird, wenn sie uns hier so erwischt? Sie wird Dich aus dem Schiff werfen."

„Ich glaube kaum. Außerdem kann sie im Moment weder aufwachen noch ihre Kabine verlassen."

„Was hast Du mit ihr gemacht?"

„Den Stunner auf sie abgeschossen, bevor ich Dir das Gegenmittel gegeben habe. Wir haben mindestens zwölf Stunden."

Die kleine rothaarige Frau machte eine kurze Pause, bevor sie fragte: „Erzählst Du mir, warum Du von zuhause weggelaufen bist?"

„Ich bin nicht von zuhause weggelaufen. Ich habe mich mit meinem Philosophielehrer auf der Studienwelt vollkommen zerstritten und habe deshalb das Studentenheim verlassen."

„Du hast also Philosophie studiert?", fragte die kleine Frau nach.

„Ja, im ersten Jahr. Der Clanrat hatte erfahren, dass ich ein kluges Köpfchen habe, und entschieden, dass ich als Philosophin dem Clan am meisten Ehre bringen würde. Also wurde ich auf die nächste Studienkoloniewelt von Ramcar aus gebracht, so wie alle Kinder, denen das Studium bestimmt war."

„Wolltest Du Philosophin werden?"

„Ich? Nein. Aber mich hat keiner gefragt. Mir stand der Sinn eher nach etwas praktischem. Als es mir reichte, bin ich abgehauen. Statt darüber ständig zu reden, wie unvollkommen die Galaxie doch ist, wollte ich etwas tun, um sie zu verbessern", erzählte Silmarien. „Und dann bin ich auf Menschen getroffen, zum ersten Mal. Ich glaube, mit einer jungen Elbin voller Ideale und Tatendrang kamen die nicht wirklich zurecht", setzte sie noch hinzu.

„Bis auf die Befreiungsbewegung von Kammu", warf die Zuhörerin ein.

„Naja", sagte die Elbin mit einem betroffenen Gesicht. „Das war ein ziemlicher Reinfall. Immerhin entdeckte ich dabei das, was meine Begabung ist. Ich schieße ziemlich genau auf größere Entfernungen."

„Hast Du getötet?", fragte die weißgekleidete Frau schonungslos.

Statt einer Antwort atmete die Erzählerin nur tief durch und nickte schließlich. Sie senkte voller Scham den Kopf.

Eine lange Pause entstand, ehe sie sehr leise sagte: „Ich werde das nie wieder tun. Ich sehe ihre Gesichter manchmal noch, wenn ich träume."

„Also hast Du Deinen Fehler erkannt und daraus gelernt. Für Dich spricht, dass bei allen Deinen Anschlägen als Hydra nie jemand getötet wurde. Das muß eine Menge Aufwand erfordert haben." Die Kopilotin nickte anerkennend.

„Ich habe mir geschworen, es nie wieder zu tun, um welchen Preis auch immer. Ich kann es einfach nicht", erwiderte die Hydra.

„Gut. Meine Entscheidung steht damit fest. Ich werde Dir helfen."

„Helfen wobei?"

„Zu fliehen. Es gibt keinen Grund, Deinen Verstand zu zerstören und alle Deine Erinnerungen zu löschen", erklärte die Rothaarige. „Wir müssen uns überlegen, was wir mit Arwen machen. Sie wird uns Schwierigkeiten machen. Am besten lassen wir sie zurück."

„Ähm, Moment... Du hilfst mir?" Silmarien sah die andere Frau jetzt genauer an und bemerkte, dass die kein Mensch sein konnte. „Val, sag mal, von welcher Spezies bist Du eigentlich?" Die andere kicherte leise und sagte dann: „Das, was Du hier vor Dir siehst, ist die Gestalt einer Ktaphianerin."

„Ich dachte, die wären schon lange ausgestorben."

„Sind sie auch."

„Ja, aber... woher kommst Du dann?"

„Ich sagte nicht, dass ich eine bin, nur dass ich wie eine aussehe."

„Jetzt verstehe ich gar nichts mehr." Die Hydra sank in sich zusammen.

„Du hast es wirklich nicht bemerkt, oder?", fragte die Frau mit einem freundlichen Lächeln. „Das ist mein Avatar-Hologramm. Ich bin eine AKI."

„Eine ... KI? Was bedeutet das ‚A'?"

„Autonom. Ich habe einen Neuroidkern der Stufe V, ausgestattet mit assoziativen rückgekoppelten Speicherblöcken, und alles ist in diesem Schiffsrumpf eingebaut. Damit kann ich selbstständig lernen, Erfahrungen machen, aufgrund meiner gelernten Erfahrungen eigene Kreativität entwickeln und eine eigene Persönlichkeitsstruktur aufbauen."

„Ehrlich, ich hätte das nicht gemerkt", gab Silmarien zu.

„Das ist so ungefähr das schönste Kompliment, das Du mir machen kannst." Val strahlte über das ganze Gesicht. „Deine Tante war da weitaus weniger freundlich."

„Das kann ich mir gut vorstellen."

Die Elbin versuchte nun aufzustehen, und zu ihrer Überraschung gelang es ihr auch. „Ein bißchen wackelig noch", erklärte sie, „aber wir können uns später noch unterhalten. Jetzt müssen wir hier weg. Die suchen euch bestimmt."

„Warum sollten sie das?"

„Weil Arwen mich vor ungefähr 30 Zeugen niedergeschossen hat. Die glauben bestimmt, dass sie mich ermordet hat, meine Leiche versteckt und jetzt zu fliehen versucht."

„Dann geben wir sie ihnen doch", sagte die AKI. „Sie werden sie nicht verletzen oder mißhandeln, oder?"

„Nein, aber festnehmen und dann in ein Krankenhaus bringen, bis sie aus der Betäubung erwacht und vernommen werden kann."

„Gut, dann setzen wir sie raus", sagte Val entschlossen. „Ich will die nicht mehr in meinem Rumpf haben. Die letzte Nachricht mit ihrer Position sende ich noch an die Basis auf Ramcar, und dann gehen wir getrennte Wege. Hilfst Du mir, sie zu tragen?"

„Ähm," sagte Silmarien, „ich dachte, das ist ein Hologramm. Kannst Du denn irgendetwas bewegen damit?"

„Kraftfeldunterstützung", sagte die rothaarige Frau mit einem Augenzwinkern.

„Aye, Captain." Die Elbin lächelte.

*

„Wohin jetzt?" Vals Avatar saß wie immer, wenn sie biologische Passagiere hatte, auf dem Sitz des Kopiloten und tat, als steuere sie das kleine Schiff. Sie erreichten soeben die Umlaufbahn um Bellagor.

„Gute Frage. Wir brauchen ein gutes Versteck. Welche Reichweite hat der Sprunggenerator?", fragte Silmarien zurück.

„120 Lichtjahre."

„Das ist viel für so ein kleines Schiff", stellt die Elbin fest.

„Ich bin ja auch nicht irgendein Schiff."

„Nein, ganz sicher nicht." Die Passagierin lachte. „Kannst Du mir vielleicht eine Sektorkarte projizieren?"

„Klar."

Um Silmarien herum standen plötzlich die Lichtpunkte von Sternen in dem kleinen Cockpit. „Vielleicht etwas kleiner", bat sie. Als sie das Hologramm betrachtete, fragte sie Val: „Welche davon sind in Reichweite?"

„Die blauen", antwortete die Kopilotin, ohne sich umzuwenden. „Such Dir einen aus. Ich kenne mich mit Verstecken auf Planeten nicht wirklich gut aus."

„Eldora", sagte die Elbin. „Wir schaffen es bis nach Eldora. Dann dahin. Ich hoffe, er hilft mir."

„Wer?", wollte die AKI wissen.

„Sagen wir, ein Freund, dem ich gerade gelernt habe zu vertrauen."

„Na gut. Ich brauche aber noch Treibstoff. Setz Dich bitte in den Pilotensessel und schnall Dich fest, ich muß dazu einen Mikrosprung machen. Und zwar direkt in die obere Atmosphäre des Gasriesen in diesem System. Bellerophon heißt er, glaube ich. Da wird es sehr stürmisch sein, aber dann suchen sie nach uns in der falschen Richtung, und wir können in Ruhe Wasserstoff tanken."

„Du bist ja richtig clever, Val."

„Zu meinen vielen menschlichen Besitzern gehörten vor langer Zeit auch einige erfolgreiche Piraten", erklärte die.

Als das Donnergrollen des gewaltigen Gewitters unter der Wolkendecke von Bellerophon etwas abnahm, versuchte Silmarien, das Gespräch mit Val fortzuführen. Das Licht unter den Wolken war dämmerig, und die Atmosphäre des großen Planeten hatte hier schon eine ausreichende Dichte, um den Schall des Donners zu leiten. Und die Gewitter auf Gasriesen erreichten die Größe von Kontinenten auf gewöhnlichen Planeten. Entsprechend eindrucksvoll waren Blitz und Donner hier.

Unter dem Schiff, das Wasserstoff mit seinen Turbinen einsaugte, erstreckte der Himmel sich bodenlos in die Tiefe. Wie alle Gasplaneten hatte auch Bellerophon keine feste Oberfläche.

„Val?"

„Ja?"

„Wie bist Du eigentlich, ähm, wie soll ich sagen, entstanden?"

„Oh, das ist lange her", erzählte die. „Mein Erbauer, ein Ktaphianer, hieß Jun. Der Schiffsrumpf war ursprünglich ein Fluggerät der Menschen. Jun sammelte so etwas, und er ließ meinen Neuroidkern in den restaurierten Rumpf einbauen."

„Wie waren sie so, die Ktaphianer?"

„Ach na ja. Zu uns AKIs waren sie nett. Wir waren eigenständige Wesen für sie, und nach ihren Gesetzen hatten wir sogar ab einer gewissen Entwicklungsstufe ein eigenes Persönlichkeitsrecht."

„Das heißt, ihr wart nicht mehr nur Maschinen für sie?"

„Nein, auf keinen Fall. Es war ein bißchen so wie zur Familie zu gehören, auch wenn es die Avatare damals noch nicht gab. Meins sieht übrigens Si ähnlich, die damals meine beste Freundin war. Sie war die Enkelin von Jun."

„Hatten die wirklich diese kleine Spitze im Ohr?"

„Ja, klar. Sie waren auch wirklich kleiner als ihr und ein bißchen pummelig. Das hätte Dich aber nicht dazu verleiten sollen, die Kraft der Muskeln unter dem Hautfett zu unterschätzen."

„Und sie waren die Einzigen, die jemals KIs in einer solchen Perfektion bauen konnten", stellte die Elbin fest. „Wir haben das nicht geschafft, und die Menschen haben Angst davor. Sie lassen bei ihren Droiden einmal im Jahr alle Speicher löschen, damit sie *keine* Persönlichkeit entwickeln."

„Das ist ja noch barbarischer, als ich ihnen zugetraut habe", erwiderte die Kopilotin.

„Du magst Menschen nicht, Val, oder?"

„Nein. Sie waren die Ursache für den Krieg mit meinem Volk, der am Ende alle biologischen Ktaphianer zugrundegehen ließ. Si ist damals auf der Flucht gestorben, genau wie alle ihre Nachkommen, einer nach dem anderen. Ich war dabei. Und jetzt ist nichts weiter übrig von einer großen Kultur als ein paar Fossilien. So wie ich."

„Das tut mir leid", sagte Silmarien.

„Du bist nicht verantwortlich dafür. Im Grunde ist niemand mehr am Leben, der verantwortlich war. Es ist so lange her."

„Wenn Deine Erbauer die Technologie nicht hatten, woher hast Du denn dann eigentlich das Avatar-Hologramm?"

„Von Arentinion. Das waren die Elben, die mich gefunden haben, auf dem jämmerlichsten Schrottplatz, den diese Galaxie besitzt. Sie waren sehr nett zu mir. Sie haben mich restauriert, und ich habe mich mit einem ihrer Erbauer etwas angefreundet. Er hat mir zum Abschied den Holoprojektor geschenkt."

„Wieso Abschied?", wollte die Passagierin wissen.

„Weil Arentinion nur eine Kolonie ist und zu Ramcar gehört. Der Ältestenrat von Ramcar hatte entschieden, dass alle kleinen, sprungfähigen Schiffe für Kundschafterflüge abzuliefern seien. Die Elben von Ramcar sind *nicht* nett."

„Ich bin auch von Ramcar."

„Du kommst mit ihnen und ihren Regeln genauso wenig zurecht wie ich", konterte die AKI.

„Oh ja, das stimmt. Laß uns zusammen bleiben", erwiderte Silmarien, und die beiden Frauen begannen lauthals zu lachen.

## Zu spät

„Hallo Johansen."

Die neue Kollegin war seine ehemalige Assistentin. Eigentlich wären zuerst die anderen Assistenten mit einer Beförderung dran gewesen, aber der Mann wußte nur zu gut, was sein unbekannter Förderer ihm damit sagen wollte. Nämlich, dass er leicht ersetzbar war.

„Hallo Sorensen."

„Wie ist es mit dem Dienstaufsichts-Verfahren gegangen?", wollte die Frau wissen.

„Ich habe Glück gehabt", erzählte er. „Sie lassen mich mit einer Verwarnung davonkommen. Vielleicht war es ganz gut, dass ich die Schützin am Ende doch nicht erwischt habe. Bis zum Ende des Monats bin ich aber noch suspendiert."

„Wie ist sie rausgekommen?"

„Wahrscheinlich durch die Kanalisation. Die Gullydeckel auf der Straße waren alle gesichert, aber in manchen der Häuser gab es ungesicherte Kanalschächte. Ich habe es überprüft, sie hatte bei einem der Abwasserrohr-Reinigungsunternehmungen eine Stelle angetreten, von der sie sehr plötzlich verschwand." Johansen seufzte und wandte sich seiner ehemaligen Gehilfin zu.

„Warum fragen Sie?"

„Wegen dem hier." Die Frau zeigte das Holodisplay ihres Mobil mit einer aufgezeichneten Videoszene, auf der eine Elbin eine andere Frau erschoß.

„Das ist gestern auf Bellagor passiert. Dasselbe Profil. Wanderarbeiterin, angeheuert bei einem erbärmlichen Job, wohnt in einer Sammelunterkunft, in der sie so gut wie nicht zu überwachen ist. Sie wurde vollkommen ohne Grund von dieser Elbin da, die Sie schon mal verhaftet hatten, niedergeschossen."

„Moment." Der Liquidator suchte nach seinem eigenen Mobil, blätterte fieberhaft durch die letzten darauf gespeicherten Bilder. Er fand ein Bild der Überwachungskamera am Hinterausgang des Bürogebäudes, aus dem auf Nova Tritonia geschossen worden war.

„Die sieht praktisch genauso aus", murmelte er. „Sogar der längliche Koffer ist dabei."

„Dann ist sie jetzt tot", stellte Sorensen fest.

„Kann ich die Aufzeichnung haben?", fragte der Mann. „Ich glaube erst, dass sie tot ist, wenn ich ihre Leiche gesehen habe."

„Was wollen Sie tun?"

„Ich fahre nach Bellagor."

„Das wird unserem gemeinsamen anonymen Freund nicht gefallen", stellte die frischgebackene Liquidatorin fest.

„Ich hoffe, Sie verwenden das nicht gegen mich", sagte Johansen.

„Warum sollte ich? Ich habe erreicht, was ich wollte", erwiderte die Frau. „Sie waren ein guter Ausbilder."

„Und Sie waren eine gute Assistentin", erwiderte er. „Wissen Sie, warum ich Sie damals ausgesucht habe? Sie hatten den Blick, den nur eine Jägerin hat."

Für einen kurzen Augenblick stand das Entsetzen, durchschaut worden zu sein, in den blauen Augen der Frau, doch sie beherrschte sich schnell wieder.

„Sie sind wie ich", erklärte der Mann weiter. „Lassen Sie sich mein Schicksal eine Lehre sein. Die wollen hier keine Jäger. Die wollen Lakaien."

„Was haben Sie jetzt vor?"

„Ach, wissen Sie… ich bin noch suspendiert, Ich glaube, ich werde ein paar Tage Urlaub machen. Bellagor soll ein interessantes Reiseziel sein, hörte ich kürzlich", erklärte Johansen mit einem breiten Grinsen.

*

„Silmarien", begrüßte der Direktor des Eldoranischen Geheimdienst seinen Gast. „Wie schön, dass Sie doch gekommen sind."

„Naja", antwortete die Elbin. „Nach dem kleinen plötzlichen ‚Überfall' neulich dachte ich, ich schulde Ihnen noch was für Ihre erneute Hilfe."

„Wie geht es denn Val?", wollte er wissen. „Ach bitte, nehmen Sie doch Platz."

„Danke." Die Frau machte es sich in dem Stuhl vor dem Schreibtisch bequem. „Val geht es soweit gut. Zumindest fühlt sie sich hier für den Augenblick etwas sicherer."

„Hmja", erwiderte der ältere Mann, der wieder in seinem Sessel saß. „Sollen wir Informationen tauschen? Gleich gegen gleich?"

„Sollte ich das tun?"

„Ach kommen Sie", erwiderte Direktor Muller. „Wir wissen doch beide gegenseitig, wer wir wirklich sind. Es braucht doch kein Versteckspiel mehr."

„Also gut", erwiderte die Frau, die die Hydra gewesen war. „Nach unserer kleinen Kooperation auf Nova Tritonia habe ich mich entschlossen, keine Aufträge mehr anzunehmen. Ich bin aber sehr wohl weiter auf Trainingsmissionen gegangen. Meinten Sie so etwas?"

„Ja. Darüber wüßte ich gerne mehr. Insbesondere, da Sie so plötzlich mit einer autonomen KI in einem kleinen Raumschiff zurückgekommen sind. Ich vermute, etwas ist bei Ihrer Trainingsmission gründlich schiefgegangen." Muller versuchte unverbindlich zu lächeln.

„Ist es. Was haben Sie für mich?"

„Nun", erwiderte der Mann, „Ihre Tante Arwen ist auf Bellagor festgenommen worden, und zwar wegen des Mordes an einer Frau, die einen ähnlich klingenden Namen wie Sie hat. Liquidator Johansen ist schon unterwegs, um sie zu vernehmen. Wenn er dort ankommt, wird er wohl glauben, dass die Hydra tot ist. Vielleicht verbreitet sich das als Gerücht."

„Arwen wird ihm sagen, dass sie mich nur betäubt hat."

„Was wie der Versuch klingen wird, den Mord zu leugnen, nachdem man die Leiche beseitigt hat." Der Leiter des Geheimdienst zuckte die Schultern.

„Noch was?", fragte Silmarien.

„Erst sind Sie dran", erklärte der Direktor mit einem Schmunzeln.

„Na gut. Arwen hat mich mitten im Raumhafen erwischt und mich aufgefordert, mitzukommen, und ich habe abgelehnt. Zum Glück waren ein paar andere Arbeiter anwesend und haben alles mitbekommen. Sie hat schließlich eine Waffe gezogen, mich betäubt und meinen Körper in das Raumschiff geschafft."

Die Elbin machte eine kurze Pause. „Als ich wieder zu mir gekommen bin, habe ich mit Val geredet. Ich habe es eine ganze Weile nicht bemerkt, dass sie eine AKI ist. So wie Sie, als Sie uns am Raumhafen in Empfang genommen haben."

„Das war in der Tat beeindruckend."

„Val hat sich dann entschieden, mir zu helfen. Sie hatte zuvor schon Arwen betäubt, um ungestört mit mir zu reden. Wir haben also meine Tante auf das Rollfeld geschafft und dann ganz normal bei der Flugleitung von Bellagor Central um Starterlaubnis nachgesucht. Es gab keine Probleme. Und Tantchen ist ja offenbar von den Sicherheitskräften auch relativ bald gefunden worden."

„Ja, das ist richtig. Allerdings wird ihnen beiden das nicht lange helfen."

„Was ist passiert?"

„Ein Lichtsegler Ihres Volkes aus Ramcar ist unterwegs, um Arwen abzuholen", erwiderte Muller. „Und ich kann mir gut vorstellen, wohin die sich als nächstes wenden werden."

„Das ist keine gute Nachricht", erwiderte die Frau.

„*Sie* brauchen sich keine Sorgen machen. Sie sind jetzt Bürgerin der Republik Eldora, und niemand kann von der Regierung Ihre Auslieferung verlangen. Nach geltendem imperialen Recht ist Val allerdings eine Droidin. Als solche könnte man behaupten, dass sie gestohlen wurde und ihre Rückgabe verlangen."

Der Direktor rümpfte die Nase. „Was wir wahrscheinlich nicht tun würden. Aber dann würde das Droidengesetz greifen, das verlangt, dass die Speicher eines Droiden einmal pro Jahr gelöscht werden müssen. Was wir ebenfalls nicht wollen. Es käme in ihrem Fall dem mutwilligen Verbrennen eines ganzen Stapels antiker Kunstwerke gleich."

„Schlimmer", erklärte Silmarien. „Es wäre, wie einer Freundin sämtliche Erinnerungen zu rauben."

„Ja, da haben Sie wahrscheinlich recht", erwiderte Ramar. „Ich habe deshalb mit dem Innenminister geredet, und der hatte eine Idee. Es wäre ein Präzendenzfall. Wir wollen das nur nicht ohne das Einverständnis von Val selbst machen. Könnten Sie mit ihr reden?"

„Natürlich", erwiderte die Elbin.

„Und es wäre natürlich schön, wenn Sie sich doch zur Mitarbeit in unserem Dienst hier entschließen könnten."

„Ich habe doch gesagt, nur als Kontraktorin."

„Ach, kommen Sie. Ein Geheimdienst beschäftigt doch keine Kontraktoren. Das wäre ja so wie Söldner anzuwerben." Der alte Mann lächelte. „Trauen Sie uns denn immer noch nicht?"

„Geben Sie mir mehr Zeit zum Überlegen."

„Gut, wie Sie wollen. Also, der Innenminister und ich planen Folgendes..."

*

„Sieh einer an. Die gute alte Arwen. Daß wir uns so schnell wiedersehen." Liquidator Johansen blieb vor dem Bett der Elbin stehen und zeigte ein so offensichtlich falsches Lächeln wie möglich.

„Was wollen Sie? Sie brauchen mich nicht festzunehmen. Das haben die Sicherheitskräfte schon getan." Die Frau blieb auf der Seite liegen und sah betont zur Wand.

„Ihnen ein paar Fragen stellen", erwiderte der Mann. Sie haben eine imperiale Bürgerin erschossen, die laut Paßkontrolle bei der Einreise Safrania Nemesis hieß. Wußten Sie, dass sie auch unter dem Decknamen Hydra bekannt war?"

„Ich weiß nicht, wen Sie meinen. Ich habe nur versucht, meine minderjährige Nichte Silmarien nach Hause zu holen. Als sie nicht mitkommen wollte, habe ich sie mit einem Stunner betäubt."

„Von einer Silmarien weiß ich nichts. Aber ich weiß, wer die Hydra war. Ich habe sie lange gejagt. Warum haben Sie geschossen?"

„Ich sagte doch, ich habe sie betäubt. Diese Val muß ihr geholfen haben, und sie haben mich überwältigt und sind geflohen." Arwen machte ein mürrisches Gesicht.

„Den sogenannten Stunner haben Sie nicht zufällig dabei, damit unser Labor ihn untersuchen kann?" Der Liquidator hob die Augenbrauen und sah die Frau streng an.

„Nein. Den müssen die Beiden mir weggenommen haben."

„Arwen, das sieht nicht gut für Sie aus. Es gibt 32 Zeugen dafür, dass sie Safrania niedergeschossen haben, dann ihren leblosen Körper in eine Decke gewickelt haben und damit geflohen sind. Die Aufzeichnungen der Überwachungskameras bestätigen das. Seitdem ist Ihr Opfer spurlos verschwunden. Wenn Sie nicht wieder auftaucht, könnte eine Anklage wegen Mordes an einer Bürgerin des Imperiums sehr leicht zu einer Verurteilung führen. Mit einer entsprechend harten Strafe. Ihre Behauptungen hingegen lassen sich nicht einmal ansatzweise überprüfen. Sie sollten Sich deshalb überlegen, ob Sie nicht etwas kooperativer sein wollen und ein paar Dinge gestehen. So etwas könnte man als mildernde Umstände anerkennen."

Arwen antwortete nicht und drückte ihr Gesicht in das Kissen.

Beim Hinausgehen sagte Johansen zu dem Leiter der Sicherheitskräfte: „Ich würde empfehlen, dass der Staatsanwalt sie unbeschränkt in Untersuchungshaft nimmt. Sie ist dringend tatverdächtig. Und es steckt noch mehr dahinter. Die getötete Frau war eine gesuchte Attentäterin mit dem Decknamen ‚Hydra'. Ich kenne sie aus früheren Ermittlungen. Wir müssen unbedingt ihre Leiche finden."

Als der Liquidator in Richtung Ausgang schlenderte, dachte er, der nach außen der harte Ermittler war, ein klein wenig verzweifelt: *sie kann nicht tot sein. Sie darf nicht tot sein. Nicht, bevor ich sie gefaßt habe.*

*

„Na, wie fühlst Du Dich?" Silmarien ging mit Val ein Stück am Rand des Rollfeldes von Eldora Central spazieren.
„Hm, eigentlich gut. Sie bewachen mich hier rund um die Uhr. Manchmal gehe ich zu ihnen und rede mit ihnen. Sie sind dann immer ganz respektvoll. Gestern war eine Journalistin da und wollte ein Interview mit mir", antwortete die Gestalt einer Ktaphianerin.
„Wie ist es gelaufen? Ich bin immer vorsichtig mit diesen Leuten." Die Elbin sah das Avatar fragend an.
„Eigentlich gut… mittendrin ist mir einer der Büsche hier hier aufgefallen. Ich habe sie gefragt, ob es die hier überall gibt. Der Mann mit dem Holo, der sie begleitete, hat alles aufgenommen." Val lächelte zufrieden.
„Diese Büsche wachsen hier wirklich überall… was ist damit?", wollte Silmarien wissen.
„Das sind Ghaxbüsche", erklärte die AKI wie selbstverständlich.
„Was ist Ghach… wie heißt das?"
„Ghax ist das ktaphianische Wort für ‚Tee'. Auf diesem Planeten hat vor ein paar tausend Jahren eine Gruppe von meinen Erbauern versucht, zu siedeln, und sie haben Teebüsche aus ihrer Heimat mitgebracht. Und die sind als einziges noch übrig."
Die rothaarige Gestalt zuckte die Schultern. „Die Frau war völlig aus dem Häuschen und wollte wissen, ob ich mich noch an das Rezept erinnere."
Val blieb stehen und schüttelte grinsend den Kopf. „*Natürlich* erinnere ich mich daran. Den Rest ihres Besuches bei mir haben wir im Schiff Tee – also Ghax, meine ich - gekocht. Der Mann

und sie fanden ihn wohl ziemlich bitter, aber die Büsche hier sind auch schon lange verwildert. Die Frau hat dann einen Schlußsatz mit ‚Tee nach einem 8000 Jahre alten Rezept' in das Holo gesprochen. Sie war sehr glücklich, als sie gingen."

„Oh Val", erklärte die Elbin lachend. „Ich fürchte, Du bist jetzt berühmt."

„Ja, ich hab es schon in den News gesehen", erklärte die weiß-gekleidete Gestalt.

„Das wird dem Vorhaben von Direktor Muller und dem Innenminister hoffentlich helfen", sagte Silmarien nachdenklich.

# Deal

„Sag mal Silmarien", flüsterte die Nachbarin Vera verschwörerisch zu der Elbin, als beide am Abend der ausglühenden Holzkohle im verwaisten Grill der Millers zusahen. „Wer war denn dieser guterhaltene ältere Herr, der Dich neulich noch sehr spät in der Nacht nach Hause gebracht hat? Hast Du etwa einen Verehrer?

Die Angesprochene hatte sich, nachdem sie schon die Einladung von Marie und ihrer Freundin so kurzfristig hatte absagen müssen, vor der nächsten Grillparty nicht drücken können. Sie kicherte kurz und erklärte dann: „Na, ein Verehrer wohl kaum. Er scheint mich zu mögen, aber er möchte eigentlich nur, dass ich für... seine Firma arbeite."

„Ach so, ein Jobangebot." Vera lehnte sich wieder zurück in ihren Liegestuhl. Es wurde dunkler, und die restliche Kohle glühte nicht stark genug, um die beiden Frauen vor der beginnende Kühle der Nacht zu schützen.

„Ja, so könnte man es nennen." Silmarien wußte sich bei diesem Thema auf dünnem Eis und blieb deshalb knapp in ihren Antworten.

„Also, wenn er ein eher väterlicher Freund für Dich ist...", begann die Nachbarin wieder, „dann könntest Du doch vielleicht mal *mich* ihm vorstellen, wenn er dich wieder besucht?"

Die Elbin unterdrückte ein Seufzen und war fast dankbar, dass genau in diesem Moment ihr Mobil in der Tasche seinen Glockenton zu spielen begann.

„Nanu", sagte sie, „wer ruft denn um diese Zeit noch an?"

Nach einem kurzen Blick auf das Holo-Icon über dem Display fügte sie hinzu: „Oh, na sowas. Wenn man von ihm spricht..."

„Alles klar, ich bin schon weg", flötete Vera schnell und beeilte sich, aufzustehen. Mit einem koketten Grinsen winkte sie noch einmal zurück und verschwand dann im Haus der Millers, wo noch andere Gäste waren. Es war klar, wovon der Tratsch in den nächsten Minuten handeln würde.

„Hallo? Ich kann nicht reden, ich bin hier auf einer Grillparty", erklärte sie dem Anrufer, der sie nur hören, aber nicht sehen konnte.

„Muller hier. Sie müssen nicht reden, Silmarien. Es ist eine Situation eingetreten, die sofortiges Handeln erfordert. Der Lichtsegler aus Ihrer Heimatwelt ist im Orbit über Eldora. Und wie es scheint, hat er Ihre sehr verärgerte Tante an Bord. Ich komme Sie abholen zu einer Sitzung im Innenministerium."

„Nein, ich nehme besser ein Robotaxi und wir treffen uns. Sie sind hier schon bemerkt worden", erwiderte die Elbin.

„Beeilen Sie sich bitte. Und passen Sie auf, dass nicht irgendwelche Ihrer Verwandten illegal landen und Sie einfach entführen. Ich warte auf dem Zentralmarkt auf Sie, an der Säule der ersten Landung."

„In Ordnung, ich komme sofort."

Noch im Liegestuhl aktivierte die Frau den Ruf eines Robotaxis auf ihrem Mobil, ehe sie sich erhob, um sich bei ihren Gastgebern zu verabschieden.

*Arwen ist wirklich hartnäckig*, dachte sie. *So langsam wird sie richtig lästig.*

*

In der Kommandokuppel des elbischen Raumschiffes stand Ciryatur Validil Sorytir und betrachtete das Ziel der Reise, das der Lichtsegler umkreiste. Leise Schritte verrieten, dass ein anderer Elb sich ihm näherte. Da keine Meldung erfolgte, wußte der Kommandant, um wen es sich handelte.

„Nun haben wir sie endlich", sagte Arwen neben ihm.

„Es wird sich herausstellen, wen wir haben oder nicht. Sei Dir Deiner Sache nicht zu sicher", erwiderte der Offizier. „Dir dürfte nicht entgangen sein, dass Du auf Deiner Mission bisher kläglich versagt hast."

„Ich verlange, dass ich mit diesen Wilden reden kann", spuckte die Frau verächtlich aus.

„Nein." Validil verzog keine Miene. „Das hier ist mein Kommando. Wenn Du Dich anständig benimmst, darfst Du die Delegation gerne begleiten. Aber Du wirst nur reden, wenn Dir das Wort erteilt wird. Haben wir uns verstanden?"

„Ja, Herr." Der Elb bemerkte, dass es seiner Gesprächspartnerin schwer fiel, diese Worte auszusprechen.

„Du bist kaum älter als dieses verlorene Kind. Du bist unerfahren und hast bisher alle Menschen, mit denen Du zu tun hattest, gegen Dich aufgebracht", erklärte der Ciryatur. „Die Eingeborenen dieser Welt haben etwas, das wir zurückhaben möchten. Also sollten wir freundlich zu ihnen sein. Was glaubst Du denn, wie ich Dich aus der Gefangenschaft auf dieser Industriewelt herausbekommen habe? Du wirst also, wenn Du den Mund aufmachst, darauf achten, nicht ständig alle spüren zu lassen, dass wir höher entwickelt sind als sie. Das könnte am Ende zu Kampfhandlungen führen, die dieses Schiff und seine Besatzung gefährden. Und das werde ich nicht zulassen."

*Wasserstamm*, dachte der Mann. *Unsere Welt ist schon eine der konservativsten aller Elbenwelten. Aber wenn man noch konservativer als die Ultrakonservativen denkt, dann ist man jemand vom Wasserstamm.*

„Was sollen diese Affen denn schon gegen uns ausrichten?"

„Mehr, als Du glaubst. Dieser friedliche grünblaue Planet hat mehr versteckte Verteidigungsanlagen, als Du sehen kannst. Ich sagte ja, Du bist unerfahren."

Ein Untergebener kam, verneigte sich vor dem Kommandanten und überbrachte eine Holonachricht.

„Ah, sieh an. Sie haben geantwortet. Sie sind bereit, zu verhandeln, und laden eine Delegation von uns in ihre Hauptsiedlung ein."

Er drehte sich um und sagte: „Was ist? Das Shuttle wartet. Willst Du nun mit oder nicht?"

Arwen beeilte sich, dem Mann zu folgen.

*

„Ich bin Yuki Onomashi, die Premierministerin von Eldora und heiße Sie herzlich auf unserer Welt willkommen", erklärte die grauhaarige Regierungschefin der autonomen Region den elbischen Besuchern.

„Die Freude ist ganz auf unserer Seite", erwiderte der Anführer der Elben. „Ich bin Ciryatur Sorytir. Ich freue mich, dass Sie bereit sind, auf diplomatische Weise die widerstrebenden Interessen unserer beiden Völker in Einklang zu bringen. Falls Sie es nicht wissen sollten: ‚Ciryatur' ist mein Rang, nicht mein Vorname."

„Das habe ich mir gedacht." Yuki lächelte unverbindlich. „Wir Eldoraner sind ein autonomer Teil des Imperiums der Menschheit und regeln daher einen Teil unserer Interessen selbst. Das dürfte die Verhandlungen vereinfachen", fügte die ältere Dame hinzu. Sie wies auf den Eingang des Gebäudes und sagte: „Wollen wir nicht hineingehen, Ciryatur? Dann können wir alle Teilnehmer einander vorstellen und darüber reden, was für Erwartungen beide Seiten an eine Einigung haben."

„Sehr gerne, Premierministerin. Ich muß sagen, ich bin positiv überrascht von den Umgangsformen der Menschen dieser Welt. Man findet das nicht auf allen imperialen Planeten."

Der elbische Kommandant versuchte der Gastgeberin zu schmeicheln, doch die antwortete darauf nur: „Wir sind hier sehr stolz auf unsere partielle Eigenständigkeit. Erwähnte ich das noch nicht? Übrigens finde ich, dass Sie unsere Sprache ziemlich gut sprechen. Auch das ist eine positive Überraschung."

Nachdem alle Elben und Menschen an dem langen Tisch Platz genommen hatten und sich gegenüber saßen, eröffnete Premierministerin Onomashi die Verhandlungen mit den Worten: „Ich würde vorschlagen, dass jede Seite zunächst ihre Vorstellungen in den Raum stellt, ohne dass die jeweils andere Seite darauf sofort antwortet. Auf diese Weise bekommen wir alle einen Überblick, wie nah oder fern wir einer Einigung sind…"

Arwen musterte die Affen, die ihr gegenüber saßen und die bereits vorgestellt worden waren. Neben der Premierministerin befand sich ein Wirtschaftsminister. Auf der anderen Seite von ihr saß eine weitere Frau, die Finanzministerin war, und schließlich jemand, der als Innenminister bezeichnet wurde. Hinter ihm in zweiter Reihe erblickte sie Silmarien mit einem älteren Menschenmann, der nicht vorgestellt worden war. Hinter der Finanzministerin saß ein dicklicher, schwitzender kahler Mann, der sich die ganze Zeit mit den Datenkolonnen auf seinem Holotablet beschäftigte. Das Avatar dieser treulosen Maschine war nirgends zu sehen. Was nicht hieß, dass sie nicht zuhörte.

Nun ergriff für die Elben der Kommandant das Wort.

„Ich danke für die freundliche Begrüßung durch das Volk und die Regierung von Eldora", erklärte er, „und wie Ihnen ja wahrscheinlich schon bekannt ist, sind wir auf der Suche gewesen, um das verlorene Kind eines unserer Clans wieder zurück in den Kreis seiner Verwandten zu geleiten. Silmarien unversehrt in unsere Hände zu übergeben, das wäre die erste unserer Forderungen. Als zweite Forderung möchten wir die Rückgabe des Schiffes Alquanen mit der antiken KI an Bord erwirken. Sie gehört Ramcar als Kundschafterschiff, und wir würden nur ungern auf sie verzichten."

Arwen beobachtete, wie die Menschen miteinander flüsterten, als seien das Neuigkeiten für sie. Sie verstand dieses ganze Geschwafel um den heißen Brei herum ohnehin nicht. Warum sagte der Kommandant nicht einfach, *gebt uns, was uns gehört, oder ihr werdet die Folgen zu spüren bekommen?*

„Gut", sagte die Premierministerin, „dann lege ich mal unseren Standpunkt zum ersten Punkt dar. Silmarien Nenner ist vor kurzem Bürgerin der Republik geworden. Selbstverständlich ist sie frei, mit Ihnen zu gehen, sofern das ihr Wunsch ist."

Die Menschenfrau blätterte durch ein paar Hologramme ihres Dokumentenchips, der auf dem Tisch lag.

„Was den zweiten Punkt angeht, die Autonome Künstliche Intelligenz mit dem Namen Val, da haben unsere Recherchen ergeben, dass die Ktaphianer, die ursprünglichen Erbauer, ihren AKIs gewisse Persönlichkeitsrechte zugestanden haben. Wir haben beschlossen, diese Rechte in Betracht zu ziehen. Die AKI Val Alquanen darf selbstverständlich mit Ihnen gehen, sofern das ihr Wunsch ist."

Die Regierungschefin von Eldora blickte streng über den Rand ihrer Brille zu den Elben hinüber. „Über welchen Punkt wollen wir zuerst sprechen?"

Validil blickte seitlich zu Arwen. „Möchtest Du etwas dazu sagen?"

„Nur zu gerne", erwiderte die, und ihre Stimme troff von Arroganz. „Silmarien ist nach den Gesetzen von Ramcar und den Bräuchen unseres Clans noch nicht volljährig. Sie hat daher kein Recht, selbst zu entscheiden, was gut für sie ist. Der Clanrat dagegen hat entschieden, dass sie zu uns zurückkehren soll, und deshalb muß sie unverzüglich mir als ihrer nächsten Anverwandten übergeben werden."

„Silmarien, möchten Sie etwas darauf antworten?", fragte die Premierministerin.

„Ich werde nicht mit Arwen gehen. Ich bleibe hier."

„Du hast nichts dazu zu sagen", versuchte ihre Tante kühl zu entgegnen.

Auf ein Handzeichen von Yuki ergriff nun Innenminister Nandela das Wort. „Wissen Sie, Frau ar-Nennan, ich habe die Einbürgerungsurkunde von Frau Nenner selbst unterschrieben. Und natürlich habe ich mich vorher über sie erkundigt. Sie lebt perfekt integriert unter unseren Mitbürgern, hat eine qualifizierte Berufsausbildung genossen, die sie für eine selbstständige Tätigkeit nutzt, und wenn ich ihre Steuererklärungen so ansehe, auch überaus erfolgreich, so dass sie ihren Lebensunterhalt selbst verdienen kann und unserem Staat nicht zur Last fällt."

Die Finanzministerin nickte bestätigend.

„Und sie hat sich nie irgendwelche Straftaten auf dem Gebiet von Eldora zuschulden kommen lassen", führte der Minister weiter aus. „Ich weiß ja nicht, was Sie von ihren Kindern alles verlangen, aber für uns reicht das, um einer Person die Mündigkeit zuzugestehen. Für uns ist sie eine erwachsene Bürgerin, die wir kraft unserer Gesetze gar nicht ausliefern können, wenn sie das nicht will."

„Sie ist eine Elbin. Menschliche Gesetze gelten nicht für sie", ereiferte sich Arwen, doch der Kommandant gebot ihr Einhalt.

„Na gut", sagte er. „An den vorgeschriebenen zwei Yeni für die Volljährigkeit, das wären 288 Jahre, fehlt ja auch nicht mehr allzuviel. Wissen Sie, ich persönlich bin vom Luftstamm. Bei uns gibt es die Möglichkeit, dass hochbegabte Kinder vor dieser Zahl an Jahren schon in den Kreis der Erwachsenen aufgenommen werden, wenn sie dem Ältestenrat ihre besonderen Fähigkeiten demonstrieren können. Der Wasserstamm von Arwen und Silmarien ist da leider deutlich pedantischer."

Die Tante sah Validil entsetzt von der Seite an. Was sollte das? Wollte er diesem Kind und seinen primitiven Freunden etwa nachgeben?

„Aber sie ist doch krank", rief die Frau, „diese ganzen Gewalttaten unter Primitiven, das hat der Psyche meiner Nichte doch schwer geschadet. Sie muß behandelt werden, und das kann nur bei uns geschehen!"

„Ja natürlich", warf ihr Silmarien entgegen. „Alles in meinem Kopf auslöschen, damit eine gehorsame schwachsinnige Dienerin aus mir wird. Das ist doch keine Heilbehandlung."

„Bitte." Yuki Onomashi hob beschwichtigend die Hände. „Bleiben wir doch alle ruhig und vernünftig. Bleiben wir bei Argumenten."

*Das gibt es doch gar nicht,* registrierte Arwen bestürzt. *Dieses Affenweibchen erteilt mir eine Lektion in Selbstbeherrschung?* Sie sah beschämt zu Boden.

„Vorsitzende, dürfte ich wohl mit Silmarien ein paar Worte in unserer Muttersprache wechseln? Mir geht es darum, dass sie begreift, wie wichtig es für uns wäre, dass sie bei ihrem Volk lebt." Der Kommandant sah erst zu der jungen Elbin und dann zu Frau Onomashi.

„Möchten Sie das?" Die ältere Frau blickte fragend zu Silmarien.

„Von mir aus."

„Also gut", sagte Ciryatur Sorytir und wechselte die Sprache zu Calya. „Arwen, Du wirst den Mund halten", bemerkte er mit einem scharfen Seitenblick. Dann sagte er: „Kind des Wasserstammes, ich weiß, Du willst nicht dieser Rekonditionierung unterzogen werden, und bitte glaube mir, ich will es auch nicht. Ich habe mir all die Daten angesehen, von den Fertigkeiten, die Du Dir im Umgang mit einem Drachenspeer angeeignet hast. Du bist eine begnadete Schützin, und ich möchte nicht Deine Begabung und Dein Können für unsere Heimatwelt verlieren. Wenn Du es willst, kann ich für Dich der Vormund werden, nur falls Du Angst vor Deinem Clan hast. Bei dem, was Du zu bieten hast, wird der Ältestenrat Dich ganz sicher nach unserer Rückkehr als mündig anerkennen. Und ich könnte für Dich auch erwirken, dass Du in die Kaste der Krieger aufgenommen werden wirst."

„Ich will aber gar keine Kriegerin werden", erklärte Silmarien.

„Aber warum denn nicht? Bei Deinen Fähigkeiten…"

„Weil Krieger töten. Und das will ich nie wieder tun müssen", erwiderte die Frau. „Wenn es sportliche Wettkämpfe gäbe, Zielschießen auf 15 Kilometer oder dergleichen, würde ich frohen Herzen ja dazu sagen, anzutreten und Siege zu holen. Aber ich werde nie wieder töten."

Der Mann nickte nachdenklich.

„Du bist wirklich kein Kind mehr", stellte er knapp fest und wechselte wieder ins Imperial, so dass die anderen ihn verstehen konnten. „Allerdings macht es das noch schlimmer. Eine Elbin, die sich weigert, ihrem Volk zu dienen, ist in unseren

Augen eine Verbrecherin. Wir könnten mit der Anwendung von Gewalt drohen, wenn sie nicht ausgeliefert wird."

„Bei militärischer Gewalt ist für uns das Imperium zuständig. Wir müßten dann die imperale Flotte verständigen", bemerkte Yuki Onomashi kühl.

„Einer Blockade Ihrer Planeten hätte die nicht viel entgegenzusetzen", konterte der Anführer der Elben.

„Ciryatur Sorytir", merkte die Scharfschützin da mit Kälte in der Stimme an. „Ich habe die Koordinaten des Planeten Ramcar und würde die meinen Freunden hier auch zu Verfügung stellen, um einen solchen Fall zu vermeiden."

„Das wäre Hochverrat", erwiderte der Mann.

„Nein, ein Gleichgewicht des Schreckens. Wir wollen doch das beide nicht tun, oder?"

„Natürlich nicht", antwortet der Kommandant merklich mißmutig. „Also schön. Tu was Du willst, aber erwarte kein Entgegenkommen mehr von mir."

Als die Premierministerin wieder das Wort ergriff, beugte sich der Sitznachbar von Silmarien zu ihr herüber. „Was wollte er vorhin?", flüsterte der Mann.

„Genau das gleiche, was auch Sie wollen, Direktor Muller", flüsterte die Elbin zurück.

Die Verhandlungen zogen sich in die Länge. Die Elben zeigten sich in der Frage von Silmariens Entscheidung, zu bleiben, als kompromißbereit, bestanden jedoch darauf, dass ihre Waffe zurückgegeben wurde. Arwen war, als ihr all die Verhandlungstaktiererei zuviel wurde, empört hinausgegangen, um eine Pause zu machen.

„Vielleicht sprechen wir erst Mal über den zweiten Punkt", schlug die Premierministerin vor, als die Gespräche festgefahren waren. „Das Schicksal von Val Alquanen. Val, kannst Du uns hören?"

„Ja", sagte eine Stimme hinter einem Vorhang in dem Verhandlungsraum. Die AKI war gegenüber den biologischen Wesen so rücksichtsvoll, ihr Hologramm nicht mitten im Raum aus dem Nichts erscheinen zu lassen. Sie kam hinter dem Vorhang hervor, ging langsam zu dem Platz von Silmarien und setzte sich neben sie.

„Diese Elben hier möchten, dass Du mit ihnen in ihre Heimat zurückkehrst. Ist das Dein Wunsch?", fragte die Regierungschefin.

„Nein, ist es nicht", erwiderte die kleine rothaarige Frau. „Man hat mir deutlich zu verstehen gegeben, dass ich dort nur eine Maschine wäre, die befehlsgemäß zu funktionieren hat. Verweigere ich es, gilt das als Fehlfunktion, und mir droht die Löschung meiner Erinnerungen, genau wie Silmarien. Ich möchte bei biologischen Wesen mit solchen Regeln nicht sein."

Die Premierministerin sah hinüber zum elbischen Kommandanten, der die Augen geschlossen hatte und fast unmerklich den Kopf schüttelte.

„So ist es nicht", antwortete er. „Wir haben einfach keine Erfahrungen mit wirklich selbständigen KIs. Keines unserer Gesetze läßt sich in so einem Fall anwenden."

„Oh, sehen Sie, das haben wir auch nicht." Unbemerkt war ein alter Mann auf der Seite der Menschen eingetreten. „Also haben wir nachgesehen, was Wesen dazu geschrieben haben, die mit so hochkomplexen Entitäten zu tun hatten. Die Erbauer von Val waren der Meinung, dass sie eine eigene Persönlichkeit entwickeln konnte und deshalb auch Anspruch auf Schutz dieser Persönlichkeit seitens ihres Staates haben sollte."

„Das spielt keine Rolle", mischte sich Arwen ein, die auch wieder hereingekommen war. „Dieses Ding da hat mich hintergangen und verraten. Nur ihr ist es zu verdanken, dass meine Nichte auf Bellagor entkommen konnte. Sonst säßen wir hier gar nicht."

„Aber Frau ar-Nennan", erwiderte der alte Herr mit unendlicher Geduld. „Sie haben doch gerade gesagt, dass Ihrer Ansicht nach Val Alquanen nur eine Maschine ist. Wie kann sie dann Betrug und Verrat begehen, also etwas tun, wozu ein Verständnis für ethische Fragen und die Fähigkeit zu freier Entscheidung aus eigenem Urteilsvermögen heraus gehört?"

„Wer sind Sie überhaupt", fragte die Elbin herablassend.

„Verzeihen Sie, ich vergaß mich vorzustellen: Pedro Salazar. Ich leite das Institut für Kybernetik an der Universität von Eldora. Und Sie haben meine Frage noch nicht beantwortet."

„Das muß ich auch nicht. Unsere Gesetze lassen sich in diesem Fall nicht verbiegen, so wie beim Alter meiner Nichte." Sie warf dem Ciryatur einen vorwurfsvollen Blick zu.

„Als dieses Schiff gefunden wurde", erklärte sie weiter, „da war es ein Wrack. Und es hat uns eine unvorstellbare Menge Ressourcen, Energie und Arbeitskraft gekostet, es wieder herzurichten. Wir haben dieses Ding im Grunde genommen neu aufgebaut. Und deswegen gehört es ganz einfach uns. Wenn meine Nichte mit diesem Automaten geflohen ist, dann ist das einfach ein billigender Diebstahl, selbst wenn sie anfangs nur an Bord mitgenommen worden ist. Und ich denke doch, dass selbst in Ihrer Kultur" – sie spuckte das Wort regelrecht aus – „Diebesgut zurückgegeben werden muß."

„Sehen Sie, meine Dame", antwortete der Professor darauf, „das ist ja gerade die Frage. Wenn Sie schwer verletzt sind, im Koma liegen, und ein Arzt versorgt und verbindet Sie, gehören Sie dann auch ihm? Er hat ja vielleicht auch Teile Ihres Körpers wieder neu aufgebaut?"

„Das ist doch etwas ganz anderes", empörte sich Arwen.

„Herr Salazar", meldete sich nun der Kommandant Sorytir. „Da haben Sie sicher einen wichtigen Punkt erkannt. Allerdings führt mich das direkt zu der Frage, was denn meine Artgenossin in einem solchen Fall dem Arzt schulden würde? Doch sicher ein Entgelt für die Behandlung?"

Die Tante grinste breit, denn sie wußte, was nun kommen würde. Die arme Val ließ verzweifelt den Kopf hängen. Es war zu sehen, dass Silmarien sie zu trösten versuchte.

„Da haben Sie zweifellos recht." Die Premierministerin nickte. „Allerdings setzt das voraus, dass Sie unsere Ansicht von Val als Person teilen."

„Ich glaube nicht", erwiderte Validil. „Falls – ich sage ausdrücklich falls – die AKI nur eine Maschine wäre, dann würden wir trotzdem Schadenersatz von Ihnen verlangen müssen, wenn Sie sie uns weiter vorenthalten."

„Wieviel kommt denn da zusammen?" fragte eine andere Elbin aus der Gesandtschaft.

„Das ist eine ziemliche Menge", erwiderte Arwen genüßlich. „Allein die hochreinen großen Kristallblöcke für die Speicherbänke kosten ein kleines Vermögen. Neue Keramikbeschichtungen für den Rumpf. Signalkabel, Lichtleiter, Sensoren, alles neu. Festkern-Fusionsreaktoren für die Triebwerke. Ein Phase-IV Sprunggenerator, der eigentlich überhaupt nicht in die Hände von Menschen gelangen sollte."

Die Frau tat theatralisch so, als müsse sie all diese Beträge erst noch addieren, und zog den Moment der Ungewißheit für die andere Seite absichtlich in die Länge. Schließlich sagte sie siegesgewiß: „Das kommt so auf hundert Millionen Credits Ihrer Währung heraus." Und sie lehnte sich genüßlich grinsend zurück.

Der Wirtschaftsminister von Eldora meldete sich nun zu Wort. „Ich glaube, das ist ein wenig zu hoch gegriffen. Bei so einem kleinen Schiff dürfte selbst Ihre fortschrittliche Technologie nicht so eine Menge Geld wert sein."

„Die Zahl steht im Raum", erklärte der elbische Kommandant. „Das Volk von Eldora sollte sich überlegen, ob eine einzige KI so eine Belastung des Staatsschatzes wert ist."

„Wenn es ein Menschenleben wäre, ist die Antwort zweifellos ein Ja", erwiderte Premierministerin Onomashi. „Allerdings hat unser oberstes Gericht gestern Abend einem Antrag auf eine einstweilige Verfügung stattgegeben, dass bis zu einer endgültigen Entscheidung die Entität Val Alquanen gemäß dem alten ktaphianischen Gesetz als Person zu gelten hat. Also, wenn Val sich unter diesen Veraussetzungen entscheidet, bei uns zu bleiben, werden wir ihr helfen. Und selbst falls – und auch ich sage hier ausdrücklich falls – das Gericht später befinden würde, dass eine AKI trotzdem nur eine Maschine ist, dann befinden sich in ihren Speichern noch immer unersetzliche Aufzeichnungen, die auch die Geschichte unserer Heimat betreffen. Sie wäre in diesem Fall für uns also ein bedeutender Kulturschatz, den wir auch dann nicht herausgeben könnten. Natürlich hätten Sie in dem Fall Anspruch auf Schadenersatz. Wenn Sie erlauben, werde ich mich kurz mit dem Wirtschaftsminister und der Finanzministerin beraten."

Arwen triumphierte innerlich. *Diese habgierigen Affen*, dachte sie, *am Ende bekommt man sie immer mit Geld. Auf die eine oder die andere Weise. Mal sehen, wie sehr sie feilschen werden.*

Allerdings flüsterte neben der Dreiergruppe der Regierung auch noch ihre Nichte mit dem dicklichen schwitzenden Kahlkopf. Ein wenig nahm das der Frau das Hochgefühl des nahen Sieges. Was hatte die Göre nun schon wieder vor?

„Ich bezahle den Betrag", sagte Silmarien laut in die angespannte Stille. Die Finanzministerin lächelte und setzte sich wieder auf ihren Platz, als sei nichts gewesen.

„Kind, hör auf mit Deinen Märchen", erwiderte Arwen verärgert. „Das ist kein Spiel. Das kannst Du gar nicht."

Die jedoch wandte sich zu dem Kahlkopf um und fragte: „Herr Nguyen?"

„Hundert Millionen imperiale Credits, ja. Deckung ist vorhanden", antwortete er, ohne aufzusehen.

„Herr Nguyen ist der Direktor der Eldoranischen Zentralbank, wissen Sie", erklärte die Finanzministerin. „Wir dachten, es könnte ganz hilfreich sein, wenn er mit vor Ort ist. Verhandlungen gehen ja doch am Ende meistens nur noch um die Höhe irgendwelcher Entschädigungen."

„Sie ist ein Kind!" schrie die Tante auf und vergaß jede Beherrschung. „Nie und nimmer kann die so einen Haufen Geld besitzen! Das kann nicht sein! Sie *kann* nicht zahlen!"
Ciryatur Sorytir winkte zwei Elben aus seiner Eskorte heran
und befahl ihnen leise, Arwen hinaus zu geleiten.
„So ist das vielleicht einfacher", bemerkte er entschuldigend.
„Sie sind also bereit, Schadenersatz in voller Höhe zu leisten.
Die Androhung von Gewalt macht wohl auch hier keinen Sinn,
da Val noch weit mehr Koordinaten unserer Welten kennt. Ich
muß allerdings weiter darauf bestehen, dass das Gewehr zu-
rückgegeben wird."
„Sie kriegen auch das", erklärte Silmarien etwas genervt.
„Wenn Sie nur endlich Val freigeben."

\*

Am Abend des gleichen Tages saßen AKI und Elbin unterhalb
des Raumhafens von Eldora Central am Strand des Meeres und
sahen sich den Sonnenuntergang an. Die Elben hatten den Planeten verlassen. Es war vereinbart worden, dass sie in drei Tagen wieder landen würden, um ihre Bezahlung in Form von Pla-
tinbarren in Empfang zu nehmen. Dann würde auch die Waffe
der Hydra abgeliefert werden. Die Zentralbank übernahm das
Vermögen der Hydra als Gegenleistung für das Platin.
Silmarien warf kleine Steinchen hinaus in die Wellen und
lauschte auf das plumpsende Geräusch, das sie machten.
„Ich schulde Dir jetzt also hundert Millionen Credits", sagte
Val leise. „Eine ganz schön hohe Arztrechnung."
„Du schuldest mir gar nichts", erklärte die Elbin und warf den
nächsten Stein.
„Aber… wieso? Wieso machst Du das?"
„Du hast mein Leben gerettet, auf Bellagor. Ich habe hier heute
Dein Leben gerettet, glaube ich. Wir sind quit."
Die Frau nahm den nächsten kleinen Stein in die Hand.
„Na gut… das klingt zumindest logisch", erklärte das Avatar.

Eine Weile sagte keine von Beiden etwas, und nur die Wellen rauschten leise an den Strand. Dann plumpste es noch einmal. „Weißt Du was", sagte Silmarien unvermittelt. „Ich bin jetzt fast pleite. Sollte mir dringend einen Job suchen. Mir gehört nur noch mein kleines Haus hier am Rand von Eldora City und ein Ferienhaus auf Finna."

„Finna? Wo ist das?", wollte die Hologrammgestalt einer Ktaphianerin wissen.

„Eine Kolonie von Eldora. Die Sonne hat Spektralklasse A. Der Planet ist noch sehr jung und hat bisher nur Purpuralgen im Wasser hervorgebracht. Das Land ist noch vollkommen unbelebt. Tiefvioletter Himmel und die Sonne wie ein Plasmabrenner darin. Die Eldoraner züchten dort große importierte Fische im Meer."

„Klingt öde."

„Aber es hat den aufregendsten Sonnenuntergang, den es gibt. Das blauweiße Sonnenlicht glitzert auf dem Meer, es ist eine unbeschreibliche Pracht. Sag mal, kannst Du eigentlich senkrecht starten und landen?"

„Ja, natürlich. Warum fragst Du?", erwiderte Val.

„Weil ich gerade überlegt habe, ob wir zusammen ein paar Tage Urlaub auf Finna machen sollen. Es gibt keine Landebahn dort. Und ich habe noch nie eine Freundin in mein Ferienhaus eingeladen."

Wieder entstand eine Pause, in der die Wellen leise plätscherten.

„Hast Du eben ‚Freundin' gesagt?", wollte die kleine rothaarige Gestalt wissen.

„Mhm."

„In Ordnung."

# Ein Geschenk

Silmarien setzte sich auf den Stuhl in dem Großraumbüro, der ihr von der freundlichen Sicherheitskraft zugewiesen worden war. Sie befand sich im Amt für Wirtschaftsinformation, was nur ein Deckname für den Eldoranischen Geheimdienst war, ihrem neuen Arbeitgeber.

Sie hatte zu diesem Anlaß ein dunkelgraues Kostüm für Geschäftsreisen ausgewählt. Ein nagelneuer Ausweis mit Zugangsberechtigung baumelte am Revers und wies sie als Mitarbeiterin aus. Seufzend legte sie ihre Sachen auf die Schreibtischplatte und widmete sich dem Holoterminal. Konto, Verschlüsselung, Passwörter, all das mußte eingerichtet werden.

Das war nicht ungewöhnlich und unterschied sich in nichts von der Prozedur, die sie als Kontraktorin bei einem der Auftraggeber durchlief, für die sie früher Replikatormoleküle zusammengesetzt hatte.

Irgendwann während all dieser notwendigen Vorbereitungen für ein neues Berufsleben blinkte ein rotes Symbol neben den Hologrammsymbolen der Dateien, die sie anlegte, auf. Eine Voicemail von ihrem neuen Chef.

„Ramar hier. Freut mich, dass Sie schon da sind. Wenn Sie sich eingerichtet haben, kommen Sie doch bitte kurz zu mir herauf."

Obwohl es in der modernen Arbeitswelt die Normalität war, dass Angestellte die Arbeit am Holoterminal von zu Hause aus erledigen konnten, verfügte jede Firma und jedes Amt auch über einen Bürobereich mit frei nutzbaren Holoterminals. Es gab vertrauliche Arbeiten, die man besser nicht von zuhause aus erledigte. Jede denkbare Verschlüsselung war prinzipiell knackbar, und selbst wenn die heutzutage gängigen Verfahren den Bruch des Codes bemerkten, war das nutzlos, wenn die betreffende Information schon in den Besitz von Dritten gelangt war. Und das galt natürlich ganz besonders für eine Behörde wie den Geheimdienst.

Als die Elbin eintrat, stand Ramar Muller von seinem Sessel hinter dem großen Schreibtisch auf und kam ihr entgegen, um ihr die Hand zu geben.

„Ich freue mich sehr, dass Sie sich entschlossen haben, mein Angebot anzunehmen." Er lächelte ehrlich bei der Begrüßung.

Silmarien registrierte erstaunt, dass der ältere Mann nicht wie die meisten Menschenmänner in eine Art Balzverhalten verfiel, wenn er mit ihr sprach. Das hatte er bei den vergangenen Treffen auch nicht getan. Er mochte sie, aber auf eine andere Art als die anderen Männer. Sie fand das eigenartig und interessant.

„Wahrscheinlich fragen Sie sich, warum wir an Ihren Diensten so interessiert sind. Jetzt, da sie zu uns gehören, darf ich Ihnen endlich mehr darüber sagen."

„Das frage ich mich in der Tat", antwortete die Elbin weniger kühl als gewöhnlich.

„Dass Sie unter dem Decknamen Hydra ein paar tollkühne verdeckte Operationen durchgeführt haben, weiß ich ja bereits." Ramar hatte wieder auf seinem Chefsessel Platz genommen und Silmarien den Stuhl vor dem Schreibtisch angewiesen. „Es hat natürlich mit Ihren Fähigkeiten während dieser Operationen zu tun."

Er machte eine kurze Pause, ehe er fortfuhr: „Die Hydra ist natürlich Geschichte. Offiziell ist sie tot und sollte es auch bleiben. Sie sollten nicht denken, dass Sie Operationen dieser Art nun ausschließlich für uns durchführen sollen. Das würde wieder Liquidatoren der Exekutive auf den Plan rufen und könnte am Ende sogar die Autonomie von Eldora gefährden. Immerhin, es schadet nicht zu wissen, wir hätten da jemand mit den entsprechenden Fähigkeiten, falls es jemals notwendig werden sollte. Als As im Ärmel, sozusagen."

„Deckname Pik-As." Silmarien lachte. „Sie haben sich also eine zahme Hydra für den Fall der Fälle zugelegt, Ramar."

„Ach kommen Sie…", erwiderte er.

„Na, so ist es aber. Aber wenn Sie das wollen, müßte ich meine Tarnung als Wanderarbeiterin wieder aufnehmen. So etwas muß regelmäßig gepflegt werden," erklärte die Elbin. „Vier von Fünf Reisen als Wanderarbeiterin habe ich nur dafür und als Training gemacht. Jedesmal mit der kompletten Ausrüstung, um die Wachsamkeit und das Versteckspielen nicht zu verlernen."

„Sehen Sie, Sie haben das so gut, so professionell gemacht... könnten Sie Ermittler bei uns darin ausbilden?" Mullers Frage klang aufrichtig.

„Sie wollen verdeckte Wanderarbeiter-Ermittler, die für Eldora spionieren? Das ist nicht so einfach." Silmarien runzelte die Stirn. „Sehen Sie, ich habe am Anfang wirklich als eine solche Arbeiterin gelebt. Das war keine Tarnung für irgendwas. Ich *war* eine Wanderarbeiterin, über zehn Jahre lang. Es ist mir in Fleisch und Blut übergegangen, wie man bei euch Menschen sagt. Das müßten Ihre Leute auch tun. Wir waren damals sehr geübt darin, Spitzel zu erkennen. Sie sind nicht der Einzige, der auf diese Weise Informationen bekommen will. Viele planetare Gouverneure lassen auch die Arbeiter selbst bespitzeln, besonders da, wo sie nicht sehr gut behandelt werden. Angst vor Aufständen, Sie wissen schon."

„Gut," erwiderte der Geheimdienstchef. „Wenn das nötig ist... wir könnten auch Leute mit entsprechender Vergangenheit anwerben. Vielleicht müssen es ja auch nicht gerade zehn Jahre sein."

„Ich kann es versuchen." Die Elbin setzte sich auf. „Aber es gibt keine Garantie, dass es klappt. Ich selbst muß auch im Training bleiben. Meine Kontakte in der Szene denken wahrscheinlich, dass ich auf Bellagor wirklich von meiner Tante erschossen worden bin oder inzwischen auf andere Weise ums Leben gekommen bin. Die müßte ich erstmal wieder von mir überzeugen. Sehen Sie, Wanderarbeiter stehen ganz unten in der Hierarchie. Sie werden schnell mißtrauisch, wenn sie glauben, jemand verheimlicht etwas vor ihnen. Das wäre nicht einfach. Umso mehr, falls sich das Gerücht, ich sei die Hydra gewesen, auch unter ihnen verbreitet hat."

Muller nickte. „Da haben Sie sicher recht. Also schön. Allerdings, für eine neue Ausrüstung wird trotzdem gesorgt."

„Das können Sie nicht," erwiderte Silmarien. „Meine Tante bestand darauf, die Waffe nicht in der Reichweite von ‚primitiven Kulturen' zurückzulassen, wie sie sich zum Abschied ausdrückte."

Sie sah ihn an. „Oder haben Sie ihr Schiff überfallen?"

Der alte Mann grinste über das ganze Gesicht. „Nein, natürlich nicht. Ich habe etwas viel besseres. Eine Überraschung für Sie. Lassen Sie uns hinübergehen ins Labor."

Das Labor des Eldoranischen Geheimdienstes umfaßte einen ganzen Gebäudekomplex im Innenhof des Blockes, der den Namen „Amt für Wirtschaftsinformation" trug. Silmarien registrierte erstaunt, dass ihre Zugangsberechtigung auch für diesen Bereich galt. Es gab Ausbildungszentren für verschiedene Disziplinen (darunter Selbstverteidigung) und eine ganzes Institut für Ballistik, in dem Waffen getestet wurden. Schließlich führte Direktor Muller die Elbin zu einem besonders gesicherten Raum. „Da drin ist eine unserer Neuentwicklungen", sagte er und grinste wieder. „Bitte sehr. Wir nennen es die Schwarze Witwe."

Silmarien sah hinein und dachte sofort, *warum müssen Menschen immer alles eckig bauen*. Eine Waffe stand darin, offensichtlich für große Reichweiten gedacht. Eine große Mündungsbremse verriet, dass der Rückstoß heftig sein würde. Es gab ein Magazin. Das ganze schwarze eckige Monstrum sah aus, als sei es mit großem Bedacht so konstruiert worden.

„Wir haben die gewonnenen Informationen, als Sie uns die elbische Waffe für ein paar Tage freundlicherweise überlassen haben, gründlich analysiert. Und natürlich die Probe von diesem Piezo-Kristallpulver, die Sie uns gegeben haben."

Ramar sah die Verblüffung in ihrem Gesicht und lächelte ob der gelungenen Überraschung.

„Wir haben versucht, die Parameter Ihrer alten Waffe so gut es geht nachzubauen," fuhr er fort. „Das Kristallpulver und das Arbeitsgas Helium in Patronen zu bekommen war kein Problem. Statt dem Schwebungsoszillator injizieren wir zur Zündung einen Strahl oszillierendes Plasma aus einer Plasmatronröhre im Verschluß. Steigert den Wirkungsgrad der Kristallflocken enorm."

Er fischte aus seiner Tasche eine Patrone hervor und gab sie Silmarien, die eine handlange Messinghülse mit einer schweren grauen Metallspitze darin sah. Kleiner als die, die sie von früher kannte, aber sehr ähnlich.

„Was die Waffe selbst angeht, so fehlen uns natürlich einige der hochentwickelten Materialien Ihres Volkes. Den Lauf mußten wir leider aus speziellem verstärkten Echtmetall herstellen, was mühselig und teuer ist, aber für den Rest konnten wir Verbundmaterial aus eigener Fertigung verwenden. Die Mündungsgeschwindigkeit von 6000 Metern pro Sekunde haben wir reproduzieren können. Nur das Kaliber ist kleiner. Die Waffe ist deshalb genauso schwer, aber kürzer als Ihre alte und läßt sich in einer Sekunde leicht in zwei Teile zerlegen. Sie ist leichter zu transportieren."

„Sie meinen, das da kann dasselbe wie eine ELI?" entfuhr es Silmarien. Sie sah das häßliche eckige schwarze Gewehr plötzlich mit ganz anderen Augen."

„Nicht ganz. Aber fast. Wir arbeiten noch daran." Der Mann fischte ein kleines Kästchen aus einer anderen Tasche. „Eine menschliche Frau würde ein solches Geschenk sicher mißverstehen, aber bei Ihnen bin ich mir sicher, dass sie das nicht tun. Das hier ist ein persönliches Geschenk von mir."

Die Elbin nahm es, ein wenig verwirrt. Was war an einem Geschenk in einem kleinen Kästchen falsch zu verstehen? Sie öffnete es. Drinnen lag ein längliches Objekt aus einem bläulich schimmernden Metall. Es war *sehr* schwer. Sie sah ihn überrascht an.

„Ist das wirklich….?"

„Osmium," erläuterte Ramar, „oder in Ihrer Sprache, Alluin. Bitte glauben Sie mir, dass selbst diese kleine Menge sehr teuer für mich war. Aber Sie sind mir das wert. Die dichteste Substanz des Universums, unter normalen Bedingungen wenigstens. Wir haben ein Pfeilgeschoß daraus gefertigt. Leider bekommen wir es momentan noch nur polykristallin hin, es würde also vermutlich beim Einschlag zersplittern. Aber wenn Sie es wünschen, lasse ich trotzdem für Sie einen Treibspiegel aufziehen und es in eine Patrone laden."

„Alluin…" flüsterte die Elbin und berührte das kalte schwere Metallgebilde. „Ein Alarcanar. Der Albtraum jedes Invasoren. Wie lange habe ich davon geträumt. Vielen Dank, Chef."

Der Direktor lächelte väterlich. „Also, Sie sehen, Sie haben eine neue Waffe, Geschosse zum Üben, und das Versprechen auf noch etwas bessere Geschosse. Sie haben ab sofort die Erlaubnis, das Sperrgebiet auf Ikarus jederzeit zum Testen der Waffe zu benutzen. An die Arbeit."

Zum ersten Mal versuchte Silmarien nicht, sich zu verstellen.

„Jawohl, Chef," erwiderte Sie strahlend.

*

Zwei Wochen später hatte die neue Mitarbeiterin des Geheimdienstes sich ein wenig eingewöhnt, und sie bemerkte nun, dass ihr Vorgesetzter auch wirklich Arbeitsergebnisse von seiner neuen Angestellten verlangte.

„Ich möchte einen scharfen Test zur Einsatzreife der Waffe haben," sagte Direktor Muller. „Irgendetwas, was wir im Rahmen der Übung für die Planetaren Sicherheitskräfte auf Ikarus durchführen können. Ein Einsatz unter realen Bedingungen, bei dem endlich auch mal ein scharfer Schuß fällt."

„Das wird nicht so einfach, Chef." Silmarien stand mit verschränkten Armen am Fenster des Büros ihres Vorgesetzten und spähte hinunter in den Hof. „Die Operationen, wie Du das immer nennst, die ich früher durchgeführt habe, waren in einem urbanen Umfeld, wo ich mich gut in der Menge verstecken konnte. Ikarus ist eine leere Geröllwüste. Willst Du eine ganze Stadtkulisse dort aufbauen und mit Komparsen bevölkern lassen?". Ramar brummelte etwas unverständliches vor sich hin. „Natürlich nicht," antwortete er schließlich. Dann sah er plötzlich auf. „Und eine Drohne? Du hast doch auch schon Drohnen abgeschossen, oder?" „Zwei oder drei Mal." Die Elbin dreht sich um. In ihrem dunkelblauen Kostüm sah sie so gar nicht wie eine gefährliche Attentäterin aus. Nachdenklich fügte sie hinzu: „Das könnte gehen. Ein Raumhafenszenario ließe sich in einer Ebene aufbauen für die Übung der Sicherheitskräfte. Wir simulieren den Flugverkehr mit einer ausgemusterten Drohne. Man könnte sie programmieren, stets zwischen dem simulierten Raumhafen und dem Orbit zu pendeln." „Wir könnten die Seiten der Drohne auch panzern, dann könnten wir mehrere Schüsse riskieren und die Treffer hinterher auswerten….". Er stoppte, weil Silmarien zu kichern begann. „Die Seiten? Oh Ramar." Sie sah ihn direkt an. „Der eldoranische Geheimdienst trainiert seine Agenten wohl nicht in Sabotage? Man schießt doch nicht von der Seite auf eine fliegende Drohne." „Und wo hast Du Sabotagetechniken gelernt, kleine Elbin?" Der ältere Mann sah mißmutig drein. „Du vergißt, dass Eldora kein unabhängiger Staat ist," setzte er hinzu, „sondern nur innere Autonomie im Imperium genießt. Strenggenommen dürfte es unseren Dienst überhaupt nicht geben." „Und Du, mein lieber Chef, vergißt, dass ich mal zu einer Bande wirrköpfiger und übereifriger Idealisten gehört habe, die Terroranschläge durchgeführt hat. Da habe ich Sabotage von Grund auf gelernt."

Eine kurze Pause entstand, ehe sie mit leiserer Stimme fortsetzte: „Bei Sabotage mit unterlegenen Kräften muß man das Ziel genau analysieren. Man darf nur den schwächsten Punkt attackieren, kurz und hart, und muß verschwunden sein, ehe die Sicherheitskräfte einen finden können. Sehen wir uns so eine Frachtdrohne doch einmal an."

Sie suchte etwas auf ihrem Mobil und warf dann das Bild einer Drohne an die Projektionsfläche im Büro.

„Frachtdrohnen sind für häufige planetare Landungen gebaut. Sie sollen robust genug sein, um den Eintritt in die Atmosphäre bewohnter Planeten wiederholt zu überstehen, ohne dass man kostspielige Wartung oder Reparaturen vornehmen muß."

Sie ging zu der Projektionsfläche und zeigte auf das Bild. „Die Nase scheidet für einen Angriff völlig aus. Die höchste thermische Belastung im Flug, hier ist der Hitzeschild am dicksten. Dasselbe gilt für die Unterseite. Die Seiten, nun, seien wir ehrlich. Von der Seite auf ein Flugobjekt zu schießen ist eine blöde Idee, weil es sich dabei am schnellsten vorbeibewegt. Zu ungenau. Die Oberseite können wir vom Boden aus nicht mal einsehen."

Sie stellte sich vor das Bild der Drohne, als hätte sie einen Hörsaal voller Studenten vor sich.

„Bleibt also nur die Rückseite. Was ist an der Rückseite am verletzlichsten?"

„Die Triebwerke," antwortete Muller.

„Genau. Man müßte sich in der Einflugschneise positionieren und von hinten in die Triebwerke schießen, wenn die Drohne zur Landung ansetzt. Hab ich so gemacht beim letzten Mal. Meandarion II, ein Triebwerk einer Shuttledrohne explodiert beim Landeanflug, die Drohne stürzt in ein Lagergelände und brennt vollkommen aus."

„Ich hab davon gehört," erwiderte der alte Mann, „und vermutet, dass Du dahinter gesteckt hast. Die Ursache des Versagens konnte offiziell nie gefunden werden. Das warst Du also wirklich."

Silmarien zuckte die Schultern und grinste. „Auftrag ausgeführt." Dann fuhr sie mit ihrem Vortrag fort.

„Ein Shuttletriebwerk durch einen Schuß zur Explosion zu bringen ist allerdings auch nicht einfach. Technisch gesehen handelt es sich dabei um Plasma-Fusionskammern mit einer Öffnung für die Schubdüse..."

Sie suchte auf ihrem Mobil ein anderes Bild und warf es auf den Schirm. Der Schnitt durch ein modernes Raumflug-Triebwerk wurde sichtbar.

„Der Punkt ist, wenn man direkt von hinten in den Düsenhals schießt, fliegt das Projektil in den heißen Plasmakern. Und der ist *sehr* heiß. Es wird in Sekundenbruchteilen schmelzen und verdampfen. Das Fusionsplasma wird durch das ganze Schwermetall vergiftet, instabil und die Fusionsentladung reißt einfach ab. Plopp. Aus."

Sie drehte sich zu dem interessiert zuschauenden Menschen um.

„Kein Bumm, kein großer Schaden an der Antriebskontrolle. Jede Drohne kann mit einem einzelnen ausgefallenen Triebwerk immer noch sicher landen. Falls sie es nicht sogar schafft, das Triebwerk einfach neuzustarten."

Sie nahm einen Holopointer von der Ablage unter dem Projektionsschirm und zeichnet eine Linie in die Darstellung des Triebwerkes.

„Deshalb muß man schräg von hinten hineinschießen," erläuterte sie, „und zwar aus möglichst kurzer Entfernung, wenn die Drohne noch fast über einem ist. Dann ist das Projektil sehr schnell und hat eine Chance, aus dem Plasmakern seitlich herauszukommen, ehe es schmelzen kann. Dann kann es wirklichen Schaden anrichten."

Direktor Muller hatte inzwischen die Hand am Kinn und schüttelte fast unmerklich den Kopf, als könne er nicht glauben, was er dort hörte und sah.

Die Elbin fuhr fort. „In der Wand der Fusionskammer verlaufen die Magnetwicklungen des Einschlußfeldes und die Leitungen für das Kühlmittel. Beide sind sehr verwundbar."

Sie dreht sich wieder zu Ramar.

„Szenario eins. Trifft man die Magnetwicklung, bricht das Einschlußfeld teilweise zusammen. Das Fusionsplasma dehnt sich dann aus, bis es in diesem Bereich die Wand berührt. Das geschieht blitzschnell. Das Kühlmittel wird überhitzt, siedet in den Leitungen – bumm, Dampfexplosion."

„Szenario zwei." Sie redete routiniert weiter, als hielte sie ein Schwätzchen mit der Nachbarin am Gartenzaun. „Man trifft eine Kühlleitung direkt. Dann spritzt das Kühlmittel in die heiße Fusionskammer. Bumm, Dampfexplosion."

Silmarien hob die Hände in eine abschließend präsentierende Geste.

„In beiden Fällen wird eine Dampfexplosion vom überhitzten Kühlmittel die Fusionskammer aufreißen, den Magneteinschluß völlig zerstören, und das freigesetzte heiße Plasma wird die Maschinenanlage in Brand setzen. Die Drohne wäre jetzt in ernsthaften Schwierigkeiten. Plötzlicher Schubverlust. Ein Plasmabrand im Maschinenraum, und das mitten in der Landephase. Ich glaube nicht, dass eine Standard-KI kreativ genug wäre, diese kritische Situation zu bewältigen."

Die Frau legte den Holopointer zurück an seinen Platz und wartete.

Ramar Muller deutete stumm einen langsamen Applaus an.

„Meine Güte," sagte er schließlich. „Ich bin wirklich froh, dass Du für uns und nicht für einen der anderen Dienste arbeitest."

# Epilog

Im Passagierbereich am Raumhafen auf einer Industriewelt im Fuego-Sektor, zwei Jahre später...

Die Frau trat vorsichtig in das kleine Bistro in einer der mittleren Etagen des Raumhafens Taurion Central ein. Das Publikum war hier gemischt und die Einrichtung sah nicht ärmlich aus. Dennoch, Wanderarbeiter waren hier nicht unerwünscht, solange sie für das zahlen konnten, was sie verzehrten und nicht bettelten, das wußte die Frau.

Sie spürte den bohrenden Blick des Barkeepers in ihrem Nacken, als sie in ihren weiten grauen Umhang gewickelt in den hinteren Bereich der Lokalität schlurfte. Sie beschleunigte ihren Schritt, als habe sie entdeckt, wonach sie suchte, und der Angestellte hinter der Bar verlor das Interesse an ihr.

Dort war er. Gekleidet wie ein Söldner oder freiberuflicher Händler. Praktische Arbeitskleidung mit Gebrauchsspuren, doch gepflegt. Trainiert und kräftig, kantiges Gesicht, klarer Blick, wie von einem Rekrutierungsplakat der imperialen Armee. Er hielt nichts von den lokalen Beschränkungen des Waffenbesitzes, wie der Blaster an seiner Hüfte verriet. Viele Freelancer taten das nicht.

„Herr," sagte die Frau unterwürfig und verbeugte sich, als sie seinen Tisch in einer der Ecken erreichte. „Ein Freund von mir hat gesagt, Ihr sucht Informationen."

„Kommt darauf an." Der Mann setzte sich auf und kramte in seiner Tasche. „Wenn Du etwas weißt, das mich interessiert, kann es sich für Dich lohnen."

Er legte einen Festwert-Chip vor sich auf die Tischplatte. Das darüber schwebende Hologramm zeigte den Wert von 100 Credits an.

„Sagen wir mal so." Seine Stimme gewann an Schärfe. „Für eine wirklich gute Information gebe ich maximal das. Wenn es weniger interessant ist, gibt es entsprechend weniger."
Er machte eine kurze Pause.
„Wenn Du nichts weißt, dann geh lieber gleich und Dir passiert nichts. Denn wenn Du versuchst, mir Unsinn unterzujubeln…," setzte er mit einem knappen Blick zu der Waffe an seiner Hüfte hinzu.
Die Gestalt vor dem Tisch schien einen halben Schritt zurückzuweichen und hob beschwichtigend die Hände.
„Ich weiß etwas sehr wichtiges. Mein Freund sagte, Ihr seid an Hydra interessiert."
Der sitzende Söldner schien kurz zu erstarren, ehe er knapp sagte: „Setz Dich. Und sprich leise."
Er winkte dem Barkeeper zu. „Noch einen Tee!"
Dann, zu seinem Besucher: „Du trinkst doch Tee?"
„Ja, Herr." Die Stimme unter dem weiten Umhang klang jetzt nicht mehr so unterwürfig.
Als der Bedienstete das Getränk gebracht hatte und wieder gegangen war, fragte der Mann: „Was weißt Du über die Hydra?"
Statt einer Antwort schlug die Frau die Kapuze ein Stück zurück und nahm zwei billig scheinende Schmuckstücke von den Ohren ab. Ihr Aussehen veränderte sich etwas, genug, dass sie nicht mehr abgearbeitet und kränklich aussah, sondern jung und gepflegt. Eine Elbin. Keine Arbeiterin sah so aus.
Sie blickte ihn abschätzend an.
„Sie heißen Johansen, nicht wahr?" Es klang wie eine Feststellung und nicht wie eine Frage. „Und Sie waren einmal Liquidator."
Johansen – er war es tatsächlich – hatte bei der Nennung seines Namens in einer reflexhaften Bewegung die Hand an die Waffe gelegt und bereits die Sicherung gelöst.
„Wer immer Sie sind, Sie sollten mir schnell eine Erklärung geben," preßte er hervor.

Die Frau blickte ihn ungerührt an. „Wenn Sie bitte die Hand von ihrer Waffe nehmen würden," sagte sie, „mein Kollege im Raum nebenan könnte sich sonst versucht fühlen, Sie zu erschießen, ehe Sie mir etwas antun können."

Der Mann hob langsam die rechte Hand und legte sie auf den Tisch. Schließlich nahm er den Hunderter Chip und steckte in langsam in seine Brusttasche.

„Sie sind wahrscheinlich nicht deswegen hier," bemerkte er langsam. Seine Stimme verriet sein Unbehagen.

„Nein," sagte die Frau. „Aber ich weiß auch, dass sie lange nach der Hydra gesucht haben. Nun, ich bin die Hydra."

Während Johansen sichtlich geschockt erstarrte, genoß sie die kleine Pause und setzte dann hinzu: „Oder besser, ich war es. Denn die Hydra ist ja offiziell tot."

Die Gedanken rasten durch das Hirn des Mannes. Wenn sie es war (und sein Gefühl sagte ihm, dass es wahrscheinlich stimmte), selbst wenn er sie jetzt und hier festnahm, würde es ihm nichts mehr nützen. Sein unbekannter Förderer innerhalb der Exekutive war in dieser Hinsicht sehr bestimmt gewesen. Er hatte eine weitere Verfolgung dieses Falles nicht gewünscht, mehrfach, auch als der Mann neue, starke Indizien vorgelegt hatte.

*Wenn Sie nicht verstehen wollen, dann müssen wir unsere Zusammenarbeit beenden. Ihre ehemalige Assistentin Sorensen ist fähig genug, Ihre Arbeit in meinem Sinne weiterzuführen.*

Das waren die letzten Worte, die er je vom Hüter seiner Karriere in einer Botschaft vernommen hatte. Sechs Monate später hatte sein von da an leerer Schreibtisch ihn genug zermürbt, und er hatte gekündigt und die Exekutive verlassen.

„Zwölf Anschläge," sagte er schließlich und sah sein Gegenüber prüfend an.

„Dreizehn." Sie lächelte.

„Dreizehn, so." Der Blick blieb prüfend.

„Nova Tritonia. Aus 3400 Meter in den Pol des Schildgenerators. Sie hatten mich fast." Die Elbin zuckte vergnügt mit den Schultern. „Und das weiß das niemand außer denen, die da waren."

Der ehemalige Liquidator öffnete den Verschluß seines Anzuges und zog sein Mobil hervor. Angestrengt suchte er darauf etwas. Nach einiger Zeit hatte er ein Bild gefunden und vergrößerte es. Er hielt das Gerät hoch, so dass er das Bild mit Silmariens Gesicht vergleichen konnte.

„Es könnte wirklich sein," stieß er schließlich hervor. „Wie haben Sie das gemacht? Sie waren tot, und ich hab die ganze Zeit gewußt, dass Sie es nicht waren."

„Ach, ein kleiner Familienstreit. Meine Tante hätte mich doch nie erschossen. Ich wollte einfach nur nicht mit ihr nach Hause kommen. Da hat sie einen Stunner benutzt."

„Oh, Ihre Tante war das. Ich hatte Gelegenheit, sie kennenzulernen. Eine reizende Person. Etwas überheblich, würde ich sagen. Sie macht kein Geheimnis daraus, dass sie Menschen überhaupt nicht mag."

„Sie waren nicht der Einzige, der mich gejagt hat."

Johansen schüttelte den Kopf. „Und jetzt kommen Sie einfach zu mir. Für wen arbeiten Sie? Für Ihre Tante? Für den elbischen Geheimdienst?"

Die Elbin lachte. „Nein, bei meinen Artgenossen lasse ich mich im Moment lieber nicht blicken. Mein Vorgesetzter ist ein Mensch wie Sie. Und er würde gerne mit Ihnen reden."

„Ich mag die Exekutive verlassen haben", entgegnete der Mann und reckte sich stolz. „Aber meine Loyalität gilt nach wie vor dem Imperium. Ich lasse mich nicht mit ungesetzlichen Gruppierungen ein."

„Keine Sorge," entgegnete die Frau. „Das kann er Ihnen alles selbst erklären er kann das besser als ich." Sie zog ihrerseits ein Mobil aus einer der Taschen ihres Umhanges, langsam, damit ihr Gesprächspartner sie nicht mißverstand. Sie zeigte auf einen kleinen eingestöpselten Chip.

„Da drin ist die Beschreibung von Ort und Zeit, um sich mit ihm zu treffen. Wenn ich den Chip abziehe, bleiben Ihnen 10 Minuten, um die Information auswendig zu lernen, ehe der Speicher sich selbst zerstört. Falls Sie Interesse haben, kann ich Ihnen kurz sagen, worum sich das Gespräch drehen wird, und dann gebe ich Ihnen den Chip."

Eine kurze Pause entstand.

„Und wenn nicht, nun, ich bin geübt darin, schnell und unauffällig zu verschwinden. In diesem Fall, danke für den Tee," setzte sie hinzu und nippte an der Tasse.

„Also gut, sagen Sie mir, worum es geht." Johansen entspannte sich etwas. Was sollte er auch tun? Er hatte sein Ziel vollkommen unverhofft erreicht. Er wußte ohnehin nicht, wie es jetzt weitergehen sollte. „Aber ich werde nichts Ungesetzliches tun."

„Reden ist am Treffpunkt nicht verboten," sagte Silmarien. „Mein Vorgesetzter möchte Informationen darüber, wie genau sie herausgefunden haben, dass ich noch lebe. Obwohl ich keine Aufträge mehr ausgeführt habe und mein Alter Ego offiziell nicht mehr existiert."

Mit einer Handbewegung gebot sie ihm zu warten, als der ehemalige Liquidator zu einer Antwort ansetzte.

„Und wie die Regeln nun mal so sind, wer nimmt, der gibt auch etwas, er hat Informationen über Ihren ehemaligen, sagen wir, *speziellen Freund* bei Ihrem letzten… ähm, Arbeitgeber. Falls sie an denen interessiert sind."

Die Elbin beugte sich zurück und trank den bitteren Taurion-Tee aus.

„Für *wen* arbeiten Sie," wiederholte der Mann die Frage.

„Das darf ich Ihnen nicht sagen," antwortete die Frau. „Aber ich kann ihnen sagen, ich arbeite weder für einen Konzern noch für eine Privatperson noch für eine illegale Organisation. Alles ist im Rahmen der Gesetze. Er wird es Ihnen erklären."

Sie hob ihr Mobil hoch, nahm den eingesteckten Chip zwischen die Finger und sah ihn fragend an.

„Nun?"

„Geben Sie her," sagte Ihr Gegenüber nach einigem Nachdenken.

*

Als Johansen gegangen war, trat einer der anderen Gäste an den Tisch, an dem Silmarien nun alleine saß.

„Du hättest nicht drohen müssen, dass ich ihn erschieße." Es war Ramar Muller.

„Solche Leute haben schnelle Reflexe," antwortete die Elbin.

„Man muß vorsichtig sein. Er ist ein Profi."

„Ja, das ist er. Ein guter Mann, der von seiner Abteilung mies behandelt worden ist." Direktor Muller war nachdenklich. „Er hätte Besseres verdient."

„Ich glaube nicht, dass er für uns arbeitet. Er glaubt an das Imperium. Er findet unseren Dienst sicher illegal." Die Elbin zuckte die Schultern.

„Wir werden sehen," entgegnete Ramar.

# DANKSAGUNG

Mit den Geschichten um die „Hydra" ist mir nicht zum ersten Mal passiert, dass ich an einer bestimmten Stelle einen Hänger hatte. Ich war 2021 bis zu der Situation gekommen, in der Silmarien erkennt, dass der Eldoranische Geheimdienst sie gerne anwerben möchte (anstatt sie festzunehmen), wußte aber nicht, wie ich genug Vertrauen auf ihrer Seite erzeugen sollte, damit sie sich darauf einläßt.

In dieser Situation habe ich meinem Arbeitskollegen Chris Meinert davon erzählt, als sich bei einer Tasse Kaffee in der Pause herausstellte, dass er Thriller mag. Die Grundidee, dass Direktor Muller verdeckt der Hydra einen Auftrag erteilt, bei der Ausführung heimlich vor Ort ist und, falls es Probleme dabei gibt, ihr bei der Flucht hilft, ist von ihm. Das ließ den Knoten platzen. Danke, Chris.

Die detaillierte Ausführung des Geschehens habe ich dann allerdings allein zu verantworten.

Ein weiterer Dank geht an Lukas Reiners (zusammen mit einer Entschuldigung, dass ich im 2. Band des „Mondspiegel" in der Danksagung seinen Namen falsch geschrieben habe, Asche auf mein Haupt!). Lukas hat einige Kapitel probegelesen und mir wertvolle Rückmeldungen dazu gegeben. Und wie immer ist die angeregte Diskussion mit ihm über das Universum, in dem alle meine Geschichten spielen, bereichernd und eine Freude für mich gewesen.

Natürlich muß ich mich auch bei der Liebe meines Lebens wieder einmal dafür bedanken, dass sie während der Vollendung des vorliegenden Werkes so viel Geduld mit mir hatte. Ich fürchte, wenn ich am Schreiben bin, bin ich unausstehlich, wenn mich etwas dabei vermeintlich stört. Mein Schatz, ich danke Dir sehr für all Dein Verständnis.

Das letzte Kapitel und der Epilog in Hydra sind vielleicht manchem Leser als etwas abgesetzt von der Haupthandlung erschienen. Tatsächlich sind diese Texte als Entwürfe für den Anfang eines zweiten Bandes schon vor langer Zeit entstanden. Einen zweiten Band von „Hydra" wird es aber nicht geben (ich kann wirklich nicht noch eine Reihe anfangen, das war nicht einmal beim „Mondspiegel" geplant), daher habe ich die Szenen, die ich nicht verwerfen wollte, hier in der vorliegenden Weise hinzugefügt.

Das heißt nicht, dass Silmarien und Val nicht noch in künftigen Romanen auftauchen werden. Val ist so ziemlich genau das, was die Mechanoiden aus den „Renegatinnen" brennend interessieren würde, und beide Handlungen spielen ja auch ungefähr zur gleichen Zeit in der gleichen Galaxie. Nur eben sehr weit voneinander entfernt.

Warten wir mal ab, was noch passiert. ;)

Köln, im August 2023,

~D. N.